1905
EMPIRE

COLECCIÓN
LA MUCHACHA DE DOS CABEZAS

100% SOSTENIBLE
100% RESPONSABLES
100% COMPROMETIDOS

ASÍ HEMOS HECHO ESTE LIBRO

Salvo casos excepcionales, trabajamos con una empresa papelera que funciona con biocombustibles locales y se abastece de los bosques cercanos, que gestiona de forma estrictamente sostenible. Ha implantado voluntariamente el Reglamento de la Unión Europea de Ecogestión y Ecoauditoría, y WWF la considera una de las fábricas más sostenibles del mundo.

Allí fabrican el papel interior y exterior con el que se ha hecho este libro, con unas emisiones certificadas de 365 kg de CO_2 por tonelada de papel: un 50 % menos que la media europea y un 75 % menos que la media española. En otras palabras: uno de los papeles más sostenibles del mercado (además de tener las certificaciones FSC, PEFC, ISO9001, ISO14001 y EU Ecolabel).

Uno de los mayores problemas ecológicos a la hora de fabricar papel (y de hacer libros) es el consumo de agua: la media europea está entre 10 y 15 litros por kilo según la European Enviromental Agency. La fabricación del papel interior y exterior de este libro ha consumido sólo entre 3 y 4 litros.

Queremos eliminar todos los materiales de origen fósil de nuestros libros y de nuestro trabajo. Por eso este libro no está plastificado (si lo estuviera, su tirada habría consumido más de 500 m^2 de plástico).

El transporte del papel desde la empresa papelera hasta la imprenta se hace, en buena medida, en trenes de larga distancia, e imprimimos a menos de 300 km de nuestra oficina, todo lo cual nos permite reducir notablemente las emisiones contaminantes.

Una vez fabricados los libros, los envíos que dependen de nosotros se realizan mediante una mensajería con una de las flotas eléctricas más importantes de España (no es perfecto, lo sabemos, pero supone un primer ahorro de emisiones). Además, el 100% del personal es contratado y cobra un sueldo fijo, no por entregas (algo fundamental para garantizar formas de conducción más seguras para los trabajadores y más sostenibles para el planeta).

Toda la energía utilizada para editar este libro es 100 % energía verde renovable y certificada. Además proviene de una cooperativa de la que nuestra editorial es miembro, de modo que consumimos la energía que previamente producimos en instalaciones solares, eólicas o de biomasa.

Todos los recursos económicos utilizados para editar este libro estaban depositados en la banca ética, y allí llegarán también los beneficios (¡esperemos que los haya!). De este modo garantizamos que este dinero sólo revertirá sobre proyectos sostenibles, con un interés social, cultural y medioambiental, sin inversiones en la economía de las energías fósiles.

Si quieres más información sobre estas cuestiones puedes leer el apartado «Compromisos» de nuestra página web o escribirnos a info@erratanaturae.com.

ENSAYOS DE UN BUSCADOR ESPIRITUAL

RALPH WALDO EMERSON

TRADUCCIÓN DE SILVIA MORENO PARRADO

errata naturae

PRIMERA EDICIÓN: mayo de 2022

c/ Sebastián Elcano 32, oficina 25
28012 Madrid
info@erratanaturae.com
www.erratanaturae.com

ISBN: 978-84-17800-58-1
DEPÓSITO LEGAL: M-11246-2022
CÓDIGO IBIC: DN
MAQUETACIÓN: Sara Pintado
IMAGEN DE CUBIERTA: Mercedes de Bellard
IMÁGENES EN PÁGINAS 2-3, 4-5, 6-7: Old Manse,
casa natal de Ralph Waldo Emerson, construida por su abuelo,
© Frank O. Branzetti
IMPRESIÓN: Kadmos
IMPRESO EN ESPAÑA – PRINTED IN SPAIN

ÍNDICE

LA AUTOSUFICIENCIA	15
LA COMPENSACIÓN	57
LAS LEYES ESPIRITUALES	89
EL ALMA SUPREMA	123
CÍRCULOS	153
EL DESTINO	175
EL ÉXITO	219

LA AUTOSUFICIENCIA

Ne te quæsiveris extra.
El hombre es su propia estrella y el alma
que puede producir un hombre honrado y perfecto
domina la luz toda, la influencia toda, el destino todo;
nada le ocurre pronto o demasiado tarde.
Nuestros actos son nuestros ángeles, buenos o dañinos,
nuestras fatales sombras que caminan quedas a nuestro lado.

Epílogo a *The Honest Man's Fortune*,
de Beaumont y Fletcher.

Arrojad al crío sobre las rocas,
amamantadlo con la teta de la loba.
Tras invernar con el halcón y el zorro,
fuerza y velocidad hallarán sus pies y sus manos.

Leí el otro día unos versos escritos por un eminente pintor que me resultaron originales y nada convencionales. El alma siempre escucha una admonición en líneas así, sea cual sea el tema. El sentimiento que instilan tiene más valor que cualquier pensamiento que puedan contener. Creer en vuestro propio pensamiento, creer que lo que es cierto para vosotros, dentro de vuestro corazón, es cierto para todos los hombres: eso es el genio. Expresad vuestra convicción latente y esta será el sentido universal, pues lo más íntimo se convierte, llegado el momento, en lo más general, y así nuestro primer pensamiento vuelve a nosotros con las trompetas del Juicio Final. El mayor mérito que atribuimos a Moisés, Platón y Milton, tan familiares para cada cual como la voz de su propia mente, es que no prestaban atención a libros ni a tradiciones y no decían lo que pensaban los hombres, sino lo que pensaban ellos. El hombre ha de aprender a detectar y observar ese resplandor que le atraviesa centelleante la mente desde el interior, más que el brillo del firmamento de bardos y sabios. Y, sin embargo, tantas veces descarta con negligencia su pensamiento, precisamente porque es el suyo. En todas las obras de los genios reconocemos nuestros propios pensamientos desechados; vuelven a nosotros con una cierta majestuosidad alienada. Las grandes obras de arte no tienen ninguna lección más influyente que esta para nosotros. Nos enseñan a atenernos a nuestra impresión espontánea con una inflexibilidad bienhumorada, sobre todo cuando el vocinglerío está en la otra parte. Si no, un extraño dirá mañana, con una sensatez magistral, justo lo que nosotros hemos pensado y sentido siempre, y nos veremos obligados a asumir avergonzados nuestra propia opinión de labios de otra persona.

Hay un momento en la formación de todo hombre en el que este llega a la convicción de que la envidia es ignorancia; de que la imitación es un suicidio; de que debe asumir que su destino, para lo bueno y para lo malo, es él mismo; de que, aunque el vasto universo está lleno de cosas buenas, no obtendrá ningún fruto ni semilla comestible si no es a través del esfuerzo invertido en esa parcela de tierra que se le ha dado para que la cultive. El poder que reside en él es nuevo en la naturaleza, y nadie salvo él sabe qué es lo que puede hacer, ni él lo sabe tampoco hasta que lo intenta. No en vano una cara, un carácter, un hecho causan en él una honda impresión, mientras que otros no producen ninguna. Esta escultura de la memoria no carece de armonía preestablecida. La mirada estaba posada allí donde había de caer un rayo, de forma que pudiera dar fe de ese rayo en concreto. Solo nos expresamos a medias, y nos avergonzamos de esa idea divina que cada uno de nosotros representa. Se puede confiar en que es proporcionada y da buenos frutos, por lo que puede impartirse con fidelidad, pero la divinidad no va a permitir que los cobardes hagan visible su obra. El hombre vive aliviado y feliz cuando ha puesto el corazón en su tarea y ha hecho todo lo que estaba a su alcance, mientras que lo que haya dicho u hecho de otro modo no le traerá paz alguna. Es una liberación que no libera. En el intento, su genio lo abandona; ninguna musa se le acerca, ninguna invención, ninguna esperanza.

Confiad en vosotros mismos: todos los corazones vibran ante esa cuerda de hierro. Aceptad el lugar que la divina providencia ha encontrado para vosotros, la compañía de vuestros contemporáneos, la relación entre los acontecimientos. Así lo han hecho siempre los grandes hombres, y así se han confiado como niños al espíritu de su época, con lo que han revelado su percepción de que quien merece confianza absoluta se halla dentro de su corazón, trabaja a través de sus manos y predomina en todo su ser. Y ahora somos hombres y debemos aceptar, en la mente más elevada, el mismo destino trascendente; no somos menores ni incapacitados en un rincón protegido, ni cobardes que huyen ante una revolución, sino guías, redentores y benefactores que obedecen al esfuerzo del Todopoderoso y avanzan sobre el Caos y la Oscuridad.

¡Qué bellos oráculos produce la naturaleza para nosotros con este texto en el rostro y comportamiento de niños, como bestias! Ninguno de ellos tiene la mente dividida y rebelde, ese sentimiento de desconfianza porque nuestra aritmética ha calculado la fuerza y los medios opuestos a nuestro propósito. Al ser su mente un todo, tienen la mirada ajena a toda conquista, y, cuando contemplamos su rostro, quedamos desconcertados. La infancia no se adapta a nada, pero todo se adapta a ella, de manera que, normalmente, un solo bebé tiene a cuatro o cinco adultos a su alrededor que parlotean y juegan con él. Así ha armado también Dios a la juventud, a la pubertad y a la edad adulta con su atrevimiento y encanto propios, y las ha hecho envidiables y refinadas, con unas exigencias imposibles de soslayar, si es que pretenden valerse por sí mismas. No hemos de pensar que el joven no tiene fuerza porque no pueda hablaros a vosotros ni a mí. ¡Atención!, en la estancia contigua, su voz es lo bastante clara y enfática. Parece saber cómo dirigirse a sus contemporáneos. Así, tímido o arrojado, sabrá convertirnos a los adultos en algo totalmente innecesario.

Esa indiferencia de los muchachos que tienen garantizado el plato de comida y desprecian, como si fueran señores, hacer o decir nada para conseguir algo es la actitud saludable de la naturaleza humana. Un muchacho es en el salón lo que el foso es en el teatro: independiente, irresponsable, asomado desde su rincón a cuantas personas y hechos pasan frente a él, los juzga y sentencia según sus méritos, a la manera precipitada y sumaria de los jóvenes, como buenos, malos, interesantes, insulsos, elocuentes, fastidiosos. No se preocupa nunca por las consecuencias ni los intereses, emite un veredicto independiente y genuino. Habréis de buscarlo vosotros, pues él no os va a llamar. Pero es como si al hombre lo aprisionara su conciencia. En cuanto actúa o habla una vez con *éclat*, queda comprometido, y se ve observado por la afinidad o el odio de cientos de personas cuyos afectos ha de tener en cuenta a partir de ese momento. No hay Leteo alguno para esto. ¡Ah, si pudiera volver a su neutralidad anterior! Quien es capaz de evitar todo compromiso y, después de observar, volver a hacerlo desde la misma inocencia, incólume, imparcial, insobornable e impasible, ha de ser siempre formidable. Expresará opiniones sobre cualquier asunto que, al no considerarse particulares, sino necesarias, se les clavarán como dardos en el oído a los hombres y los asustarán.

Tales son las voces que oímos cuando estamos solos, pero que se vuelven débiles e inaudibles al adentrarnos en el mundo. En todas partes, la sociedad conspira contra la humanidad de cada uno de sus miembros. La sociedad es una gran empresa cuyos integrantes acuerdan, para garantizar mejor el pan de cada uno de sus accionistas, rendir la libertad y la cultura de los comensales. La virtud que más exige es la conformidad. La autosuficiencia es lo que más odia. No siente aprecio por las realidades ni los creadores, sino por los nombres y las costumbres.

Quien pretenda ser un hombre ha de ser un inconformista. Quien pretenda llevarse palmas inmortales no ha de dejarse entorpecer por el nombre del bien, sino plantearse si es de verdad el bien. Al final, lo único sagrado es la integridad de vuestra propia mente. Absolveos ante vosotros mismos y tendréis el sufragio del mundo. Recuerdo una respuesta que, siendo muy joven, me vi impelido a darle a un apreciado tutor que tenía por costumbre importunarme con las viejas doctrinas de la Iglesia. Al preguntarle: «¿Qué tengo yo que ver con lo sagrado de las tradiciones, si vivo por entero desde el interior?», mi amigo sugirió: «Precisamente estos impulsos pueden venir del interior, no de arriba», a lo que yo repliqué: «A mí no me lo parece, pero, si soy hijo del Diablo, viviré desde el Diablo». No puede haber para mí más ley sagrada que la de mi propia naturaleza. El bien y el mal no son sino nombres que pueden aplicarse muy fácilmente a esto o aquello; lo único correcto es aquello conforme a mis principios; lo único errado, lo que los contradice. Un hombre ha de comportarse, en presencia de cualquier oposición, como si todo fuera meramente titular y efímero salvo él. Me avergüenza pensar en la facilidad con que capitulamos ante insignias y nombres, ante grandes sociedades e instituciones muertas. Todo individuo decente y bienhablado me afecta e influye más de lo que procede. Me obliga a ser honesto y vivaz y a decir la cruda verdad de todas las formas posibles. Si la maldad y la vanidad van vestidas con el abrigo de la filantropía, ¿será eso lo que ocurra? Si algún intolerante, presa de la ira, abraza la generosa causa de la Abolición y viene a mí con las últimas noticias de Barbados, ¿por qué no habría yo de decirle: «Dedícate a amar a tu hijo recién nacido y al leñador que corta tu leña, sé bueno y humilde, haz aquel favor y no barnices nunca tu implacable y cruel ambición con este afecto inverosímil por unas gentes negras que viven a mil kilómetros de aquí, pues ese amor remoto tuyo es, en tu casa, rencor»? Ese saludo sería brusco y descortés, pero la verdad es más bella que la afectación del amor. Vuestra bondad debe ir un paso por delante; de lo contrario, no es nada. Hay que predicar la doctrina del odio como oposición a la doctrina del amor cuando esta llora y gimotea. Rehúyo a padre, madre, esposa y hermano cuando el espíritu me llama. Escribiría CAPRICHO en los dinteles de la puerta. Espero que, al final, sea algo mejor que un capricho, pero no podemos perder el día con explicaciones. No esperéis que justifique por qué busco o excluyo la compañía. Insisto: no me habléis, como ha hecho hoy un buen hombre, de mi obligación de buscarles una buena situación a todos los pobres. ¿Acaso son mis pobres? A vosotros, ingenuos filántropos, os digo que entrego a regañadientes las monedas de dólar, de diez centavos y de centavo que doy a esos hombres, que no tienen nada que ver conmigo, como tampoco tengo yo nada que ver con ellos. Hay una clase de personas por quienes, debido a una afinidad espiritual, me entrego en cuerpo y alma; por ellas iría a la cárcel si fuera necesario, pero ese dólar que, lo confieso con vergüenza, a veces me rindo y doy para vuestras diversas causas benéficas, como estudios universitarios para zoquetes, construcción de templos dedicados al vano fin por el que ya se alzan muchos, limosnas para borrachines y mil Sociedades de Socorro, es un dólar perverso, que tarde o temprano tendré la madurez de guardarme para mí.

Las virtudes son, a juicio de la mayoría, más la excepción que la norma. Están el hombre y sus virtudes. Los hombres hacen lo que se conoce como buena acción, un acto de valentía o caridad, igual que pagarían una multa para expiar su ausencia diaria del desfile. Esas obras se hacen a modo de disculpa o atenuante por su forma de vivir en el mundo, lo mismo que inválidos y locos pagan un precio elevado por su techo y su comida. Sus virtudes son penitencias. Yo no quiero expiar, sino vivir. Mi vida es para sí misma, y no para hacer de ella un espectáculo. Prefiero con mucho que sea de un tipo más discreto, para que así pueda ser genuina y equilibrada, en lugar de rutilante e inestable. Quiero que sea sólida y dulce y que no necesite dietas ni sangrías. Pido pruebas primarias de que se es un hombre y me opongo a que el hombre para ello recurra a sus acciones. Sé que, para mí mismo, no supone diferencia alguna que lleve a cabo o me abstenga de esas acciones que se consideran excelentes. No puedo consentir pagar por un privilegio allí donde tengo un derecho intrínseco. Por pocos y mediocres que puedan ser mis dones, existo de verdad, y no necesito ningún testimonio secundario que lo garantice, ni ante mí ni ante mis congéneres.

Lo que debo hacer es todo lo que me importa, no lo que piense la gente. Esta norma, igualmente ardua en la vida real y en la intelectual, puede servir para distinguir entre la grandeza y la bajeza. Es la más difícil, porque siempre encontramos a gente que cree saber mejor que nosotros cuál es nuestro deber. En el mundo, es fácil vivir de acuerdo con la opinión del mundo; en soledad, es fácil vivir de acuerdo con la propia. Pero el gran hombre es quien, en medio de la multitud, conserva con perfecta dulzura la independencia de la soledad.

La objeción a acatar costumbres que han muerto para nosotros se funda en que dispersan vuestra fuerza. Os hacen perder el tiempo y enturbian la impresión de vuestro carácter. Si sostenéis una Iglesia muerta, colaboráis con una sociedad bíblica difunta, votáis con un gran partido a favor o en contra del Gobierno, ponéis la mesa como criados comunes, etc., bajo todas esas pantallas me cuesta detectar qué hombres en concreto sois. Y, por supuesto, se resta muchísima fuerza de vuestra vida propiamente dicha. Pero haced vuestro trabajo y os conoceré. Haced vuestro trabajo y os reforzaréis. El hombre debe tener en cuenta hasta qué punto este juego de acatamiento es como la gallinita ciega. Si conozco vuestra secta, anticipo vuestro argumento. Oigo a un pastor anunciar, en el texto y tema de su sermón, la conveniencia de una de las instituciones de su Iglesia. ¿Acaso no sé de antemano que es imposible que pueda decir una palabra nueva ni espontánea? ¿Acaso no sé que, a pesar de toda esa ostentación en el examen de los fundamentos de la institución, no va a hacer nada de eso? ¿Acaso no sé que se ha comprometido a mirar únicamente a un lado, el permitido, no como hombre, sino como ministro de su parroquia? Es un abogado a sueldo y esos aires de juez son la afectación más vacua. Pues bien, casi todos los hombres llevan los ojos vendados con uno u otro pañuelo y se han incorporado a una de estas comunidades de opinión. Este acatamiento no los hace ser falsos en unos pocos detalles, autores de unas pocas mentiras, sino falsos en todos los aspectos. Absolutamente ninguna de sus verdades es del todo cierta. Su dos no es el auténtico dos, su cuatro no es el auténtico cuatro, por lo que todas las palabras que dicen nos desasosiegan y no sabemos por dónde empezar a corregirlas. Mientras tanto, la naturaleza no tarda en proveernos del uniforme de preso del partido al que nos sumamos. Al final terminamos llevando una cara y una figura específicas y vamos adquiriendo, de manera gradual, una expresión de asno manso. Existe en concreto una experiencia humillante que no deja de darse también en la historia general; me refiero al «estúpido ademán elogioso», esa sonrisa forzada que ponemos cuando estamos en compañía de gente que nos hace sentir incómodos, como respuesta a una conversación que no nos interesa. Los músculos, que no se mueven espontáneamente, sino empujados por una baja voluntad usurpadora, se tensan en el contorno del rostro y producen una sensación de lo más desagradable.

A la falta de acatamiento responde el mundo con latigazos de disgusto. Y, por lo tanto, el hombre debe saber valorar una expresión de amargor. Los testigos lo miran con recelo en el espacio público o en el salón del amigo. Si esta aversión tuvo su origen en un desprecio y una resistencia como los suyos propios, es probable que se vuelva a casa con un semblante triste, pero los rostros amargos de la multitud, igual que los dulces, no tienen una causa profunda, sino que se ponen y se quitan según sople el viento y lo que cuenten los periódicos. Sin embargo, el descontento de la multitud es más asombroso que el del Senado y la universidad. A un hombre firme que conozca el mundo le resulta bastante fácil soportar la furia de las clases cultivadas. Esa furia es decorosa y prudente, pues son individuos tímidos, al ser también muy vulnerables. Pero cuando a su furia femenina se le suma la indignación del pueblo, cuando los ignorantes y los pobres se exaltan, cuando la necia fuerza bruta que habita en el fondo de la sociedad se ve empujada a gruñir y poner muecas, se precisa el hábito de la magnanimidad y la religión para tratarla, cual dioses, como una nimiedad sin importancia.

El otro terror que nos hace temer la confianza en nosotros mismos es nuestra coherencia; una reverencia hacia nuestra acción o palabra pasada porque los ojos de los otros no tienen más datos para calibrar nuestra órbita que nuestros actos pasados, y somos reacios a decepcionarlos.

Pero ¿por qué hay que mantener la cabeza por encima del hombro? ¿Por qué ir arrastrando este cadáver de la memoria, por temor a contradecir algo que se ha dicho en este o aquel espacio público? Suponed que os contradecís, ¿y qué? Parece ser una norma de la sensatez no confiar nunca únicamente en la memoria, apenas siquiera en actos de memoria pura, sino traer el pasado, para juzgarlo, a este presente de mil ojos y vivir siempre en un nuevo día. En vuestra metafísica, habéis negado la personalidad a la Deidad, pero, cuando llegan los movimientos devotos del alma, los investís de calor y vida, aunque deberían arropar a Dios con forma y color. Desprendeos de vuestra teoría, como hizo José cuando dejó su ropa en manos de la ramera, y huid.

El duende de las mentes pequeñas es una coherencia irreflexiva, adorada por estadistas, filósofos y teólogos insignificantes. Las grandes almas no tienen ningún interés por la coherencia. Sienten ante ella la misma inquietud que ante su propia sombra en la pared. Decid con palabras firmes lo que pensáis ahora y decid mañana lo que penséis mañana, otra vez con palabras firmes, aunque contradigan todo lo que habéis dicho hoy. «Ah, pero es que entonces es seguro que os malinterpretarán». ¿Tan malo es que lo malinterpreten a uno? A Pitágoras lo malinterpretaron, y también a Sócrates, a Jesús, a Lutero, a Copérnico, a Galileo y a Newton, y a todo espíritu puro y sabio que se haya encarnado alguna vez. Ser grande es ser malinterpretado.

Supongo que ningún hombre puede ir en contra de su naturaleza. La ley de su ser atenúa todas las ocurrencias de su voluntad, del mismo modo que las irregularidades de los Andes y el Himalaya son insignificantes en la curva del globo. Tampoco importa cómo lo calibréis y probéis. Un carácter es como un palíndromo: se lea de derecha a izquierda, de izquierda a derecha o de arriba abajo, siempre dice lo mismo. Si en esta vida en los bosques, contrita y placentera, que Dios me ha concedido anoto día a día mis pensamientos más sinceros sin prospección ni retrospección, no dudo de que parecerán simétricos, aunque yo no lo pretenda ni lo vea. Mi libro olerá a pinos y resonará en él el zumbido de los insectos. La golondrina que hay sobre mi ventana también entretejerá en mi urdimbre ese hilo o pajita que lleva en el pico. Pasamos por ser lo que somos. El carácter enseña por encima de nuestras voluntades. Los hombres imaginan que comunican su virtud o su vicio únicamente mediante acciones manifiestas, y no ven que la virtud o el vicio no dejan ni un instante de emitir su aliento.

Ha de haber un acuerdo en todas las variedades de acciones, de forma que cada una de ellas sea honrada y natural llegado el momento. Porque todas las acciones que nacen de una misma voluntad son armoniosas, por muy dispares que parezcan. Estas diferencias se pierden de vista a poca distancia, a poca altura de pensamiento. Una tendencia las unifica. El trayecto del mejor barco es una línea en zigzag con cien rumbos distintos. Si se observa desde una distancia adecuada, la línea se endereza hasta adquirir la tendencia media. Vuestra acción genuina se explicará a sí misma y explicará el resto de vuestras acciones genuinas. Vuestro acatamiento no explica nada. Actuad individualmente y lo que ya hayáis hecho de ese modo os justificará ahora. La grandeza apela al futuro. Si hoy puedo tener la firmeza suficiente para actuar con rectitud y desdeñar las miradas es porque antes he actuado con tanta rectitud que ahora puedo defenderme. Ocurra lo que ocurra, actuad con rectitud ahora. Desdeñad siempre las apariencias y siempre podréis hacerlo. La fuerza del carácter es acumulativa. Todos los días de virtud previos añaden salud a este. ¿Qué conforma la majestad de los héroes del Senado y el campo de batalla que tanto colma la imaginación? La conciencia de una sucesión de grandes días y victorias anteriores. Emiten una misma luz sobre el actor que avanza. Es como si lo acompañara una escolta visible de ángeles. Eso es lo que lleva truenos a la voz de Chatham, dignidad al porte de Washington y América a la mirada de Adams. El honor nos resulta venerable porque no es un objeto efímero. Siempre es una virtud antigua. Hoy lo alabamos porque no es de hoy. Lo amamos y le rendimos homenaje porque no es una trampa para nuestro amor ni un homenaje, sino que solo depende de sí mismo y deriva de sí mismo, y, por lo tanto, tiene un linaje antiguo e inmaculado, aunque se manifieste en una persona joven.

Mi esperanza es que en estos días ya hayamos asistido al final del acatamiento y la coherencia. Que, de aquí en adelante, esas palabras se descarten y resulten ridículas. Que, en lugar del gong para cenar, oigamos el silbido del pífano espartano. Que no nos agachemos ni disculpemos más. Un gran hombre viene a comer a mi casa. No deseo complacerlo, deseo que él desee complacerme a mí. Simbolizaré aquí la humanidad y, aunque sea amable, también seré sincero. Afrontemos y reprobemos la lisa mediocridad y el contento escuálido de estos tiempos, y arrojemos a la cara de la costumbre, del negocio y del cargo esa verdad que es conclusión de toda historia: que hay un gran Pensador y Actor responsable trabajando allí donde trabaja un hombre; que un individuo sincero no es de otra época ni de otro lugar, sino que es el centro de las cosas. Allí donde esté, hay naturaleza. Os mide a vosotros y a todos los hombres y todos los acontecimientos. Por lo común, todos los integrantes de la sociedad nos recuerdan a otra cosa o a otra persona. El carácter no nos recuerda a nada más; ocupa el lugar de toda la creación. El hombre debe ser tan grande que logre que todas las circunstancias sean indiferentes. Todo hombre sincero es una causa, un país y una época; requiere de espacios, números y tiempo infinitos para llevar a cabo su plan, y la posteridad parece seguir sus pasos como un cortejo de clientes. Nace un tal César y, tras él, tenemos durante largo tiempo un Imperio romano. Nace Cristo y millones de almas crecen y se aferran a su genio de tal modo que se lo confunde con la virtud y las posibilidades mismas del hombre. Una institución es la sombra alargada de un ser humano: el monaquismo, de Antonio el Ermitaño; la reforma, de Lutero; el cuaquerismo, de Fox; el metodismo, de Wesley; la abolición, de Clarkson. A Escipión lo llamó Milton «cumbre de Roma», y toda la historia se resuelve a sí misma muy fácilmente en la biografía de unas cuantas personas resueltas y sinceras.

El hombre, pues, ha de conocer su valor y dejar las cosas bajo sus pies. No ha de fisgonear ni robar, ni tampoco merodear de acá para allá como si fuera un niño menesteroso, un bastardo o un intruso en el mundo, que existe para él. Pero el hombre de la calle, al no encontrar en sí valor alguno que se pueda equiparar a la fuerza que erigió una torre o esculpió un dios de mármol, se siente pobre cuando los contempla. Para él, un palacio, una estatua o un libro caro son algo ajeno y prohibitivo, como un carruaje lujoso, y parecen estar diciendo: «¿Y usted quién es, señor?». Y, sin embargo, todos esos objetos son suyos, aspiran a captar su atención, suplican a sus facultades que se manifiesten y se adueñen de ellos. El cuadro espera mi veredicto; no es él quien manda sobre mí, sino que yo voy a satisfacer sus peticiones de alabanza. Ese cuento popular del borrachín a quien recogen medio muerto de la calle, llevan a la casa del duque, lavan, visten y acuestan en la cama del noble y, al despertar, tratan con elogiosa ceremonia, como si fuera el aristócrata, y le aseguran que había enloquecido, debe su popularidad al hecho de que simboliza muy bien el estado del hombre, que se halla en el mundo como una especie de borracho, pero que de vez en cuando se despierta, hace uso de la razón y descubre que es un auténtico príncipe.

Nuestra lectura es mendicante y servil. En la historia, nuestra imaginación nos traiciona. Las palabras «reino» y «señorío», «poder» y «estamento» suenan más elevadas que «John y Edward», a secas, «en una casita» y «una jornada laboral cualquiera», pero en ambos casos las cosas de la vida son iguales, la suma total de ambos es la misma. ¿Por qué tanta deferencia por Alfredo, Skanderbeg y Gustavo?[1] Supongamos que eran virtuosos, ¿acaso gastaron ellos la virtud? Tan grande es el premio que depende de vuestros actos particulares de hoy como el que siguió a los pasos, públicos y afamados, que dieron aquellos. Cuando los hombres de a pie actúan con opiniones originales, el lustre se transfiere desde las acciones de los reyes hasta las de los caballeros.

El mundo está aleccionado por sus reyes, que han atraído así las miradas de las naciones. Ha aprendido, mediante este colosal símbolo, la reverencia mutua que debe un hombre a otro. La gozosa lealtad con la que los hombres han permitido en todas partes al rey, al noble o al gran terrateniente caminar entre ellos de acuerdo con una ley propia, crear su propia escala de hombres y cosas e invertir la de ellos, pagar los beneficios no con dinero sino con honor. Representar la ley en su persona era el jeroglífico con el que señalaban de manera vaga la conciencia de su propio derecho y gracia, que es el derecho de todos los hombres.

El magnetismo que ejerce toda acción original se explica cuando indagamos el motivo de la confianza en uno mismo. ¿Quién es el Fideicomisario? ¿Qué es el Yo original, en el que puede fundamentarse una confianza universal? ¿Cuáles son la naturaleza y el poder de ese astro que desconcierta a la ciencia, sin paralaje, sin elementos

[1] Se refiere, respectivamente, a Alfredo el Grande, Jorge Castriota y Gustavo II de Suecia. (Todas las notas son de la traductora).

calculables, que emite un rayo de belleza hasta en las acciones triviales e impuras, si aparece la más mínima marca de independencia? La indagación nos lleva hasta esa fuente, esencia a la vez del genio, la virtud y la vida, que llamamos Espontaneidad o Instinto. A esta primera sabiduría la designamos Intuición, mientras que todos los aprendizajes posteriores son enseñanzas. Es esa fuerza profunda, el último hecho tras el cual no puede ir el análisis y todas las cosas encuentran su origen común. Pues la sensación de ser que se eleva en el alma, sin que sepamos cómo, durante las horas tranquilas no es distinta de las cosas, del espacio, de la luz, del tiempo, del hombre, sino que es una con todos ellos y procede, evidentemente, de la misma fuente, de la que también proceden su vida y su ser. Primero compartimos la vida mediante la cual existen las cosas y luego vemos estas como apariciones en la naturaleza y olvidamos que hemos compartido su causa. Aquí está la fuente de la acción y el pensamiento. Aquí están los pulmones de esa inspiración que da al hombre sabiduría y que no puede negarse sin impiedad ni rechazo a lo más sagrado. Yacemos en el regazo de la inmensa inteligencia, que nos vuelve receptores de su verdad y órganos de su actividad. Cuando discernimos la justicia, cuando discernimos la verdad, no hacemos nada nosotros mismos, sino que permitimos que sus rayos nos atraviesen. Si preguntamos de dónde viene, si tratamos de curiosear en el alma que la provoca, toda la filosofía yerra. Lo único que podemos afirmar es su presencia o su ausencia. Todo hombre distingue entre los actos voluntarios de su mente y sus percepciones involuntarias, y sabe que a estas últimas les debe una fe absoluta. Puede equivocarse al expresarlas, pero sabe que esas cosas son así, como el día y la noche, y no cabe rebatirlas. Mis acciones y adquisiciones deliberadas son itinerantes; la ensoñación más ociosa, la emoción natural más débil me inspiran curiosidad y respeto. La gente irreflexiva contradice con tanta facilidad la expresión de las percepciones como la de las opiniones, o, mejor dicho, con mucha más facilidad, pues no distingue entre percepción y noción. Se figura que yo elijo ver esto o aquello. Pero la percepción no es caprichosa, sino fatal. Si veo un atributo, mis hijos lo verán después que yo y, con el transcurso del tiempo, toda la humanidad (aunque puede ocurrir que nadie lo haya visto antes que yo), pues mi percepción de ese atributo es tan real como el sol.

Las relaciones del alma con el espíritu divino son tan puras que resulta profano tratar de interponer ayudas. Debe ocurrir que, cuando la divinidad hable, comunique no una cosa sino todas las cosas; que llene el mundo con su voz; que esparza luz, naturaleza, tiempo, almas desde el centro del pensamiento presente; y de nuevo feche y de nuevo cree el todo. Siempre que una mente es sencilla y recibe una sabiduría divina, las cosas viejas fallecen: caen maneras, maestros, textos, templos; vive ahora y absorbe el pasado y el futuro en el momento presente. Todas las cosas se vuelven sagradas por medio de su relación con ella, unas igual que otras. Todas las cosas se disuelven en su centro por su causa, y en el milagro universal desaparecen los milagros insignificantes y concretos. Si, por lo tanto, un hombre asevera saber y hablar de Dios y os hace retroceder hasta la fraseología de alguna vieja nación desmoronada en otro lugar, en otro mundo, no le creáis. ¿La bellota es mejor que el roble, que es su plenitud y compleción? ¿El padre es mejor que el hijo, en quien ha vertido su ser maduro? ¿De dónde proviene, pues, esta veneración del pasado? Los siglos conspiran contra la cordura y la autoridad del alma. El tiempo y el espacio no son más que colores fisiológicos que crea el ojo, pero el alma es luz: allí donde está, es de día; allí donde estuvo, es de noche; y la historia es una impertinencia y un agravio si acaso es cualquier otra cosa más que una alegre alegoría o parábola de mi ser y mi devenir.

El hombre es tímido y pesaroso; ya no está erguido; no se atreve a decir «yo pienso» ni «yo soy», sino que cita a algún santo o sabio. Se avergüenza frente a la brizna de hierba o la rosa que florece. Las rosas que hay bajo mi ventana no hacen referencia a rosas previas ni mejores, son por lo que son, existen con Dios hoy. Para ellas no existe el tiempo. No existe más que la rosa y esta es perfecta en todo momento de su existencia. Antes de que estalle un brote, sucede su vida entera: en la flor plenamente desarrollada no hay más, en la raíz sin hojas no hay menos. Su naturaleza está satisfecha y satisface a la naturaleza en todos los momentos por igual. Pero el hombre aplaza o recuerda, no vive en el presente, sino que con la mirada vuelta hacia atrás lamenta el pasado, o, haciendo caso omiso de las riquezas que lo rodean, se alza de puntillas para prever el futuro. No puede ser feliz ni fuerte hasta que él también viva con la naturaleza en el presente, por encima del tiempo.

Ya debería de haber quedado claro. Pero mirad cuán fuertes intelectos no se atreven a oír al mismísimo Dios a menos que use la fraseología de no sé qué David, Jeremías o Pablo. No hemos de darles un valor tan alto a unos cuantos textos, a unas cuantas vidas. Somos como niños que repiten de memoria las frases de sus abuelas y tutores y, cuando crecen, las de los hombres de talento y carácter que se cruzan: se afanan en recordar las palabras precisas que estos dicen y después, cuando alcanzan el punto de vista que tenían quienes las pronunciaron, las comprenden y quieren dejarlas marchar, pues en cualquier momento pueden usar palabras igual de buenas cuando se presenta la ocasión. Si vivimos con autenticidad, veremos con autenticidad. Al hombre fuerte le resulta fácil ser fuerte, igual que al débil ser débil. Cuando tenemos una nueva percepción, hemos de deshacernos con agrado del peso de los tesoros acumulados como si fueran basura. Cuando un hombre vive con Dios, su voz ha de ser tan dulce como el murmullo del arroyo y el crujido del maíz.

Y, sin embargo, la verdad más elevada sobre este asunto sigue aún sin ser dicha; probablemente no pueda decirse, pues lo único que enunciamos es el recuerdo remoto de una intuición. He aquí el pensamiento que me permite nombrarla de la manera más aproximada posible. Cuando tengáis el bien cerca, cuando tengáis vida en vuestro interior, no será por ningún camino conocido ni acostumbrado; no discerniréis las huellas de ningún otro; no veréis el rostro del hombre; no oiréis nombre alguno; el camino, el pensamiento, el bien os resultarán totalmente extraños y nuevos. Excluirán el ejemplo y la experiencia. Emprended el camino desde el hombre, no hacia el hombre. Todas las personas que alguna vez han existido son sus ministros olvidados. El miedo y la esperanza son iguales bajo él. Hay algo inferior incluso en la esperanza. En el momento de la visión, no hay nada que pueda considerarse gratitud ni, con propiedad, gozo. El alma que se eleva sobre la pasión contempla la identidad y la causalidad eterna, percibe la existencia independiente de la Verdad y lo Justo, y se calma al saber que todas las cosas van bien. Los espacios inmensos de la naturaleza —el océano Atlántico, los mares del Sur— y los largos intervalos de tiempo —años y siglos— no tienen ningún valor. Lo que pienso y siento subyace a todo estado anterior de la vida y las circunstancias, igual que subyace a mi presente, y a lo que llamamos vida y a lo que llamamos muerte.

Solo sirve la vida, no el haber vivido. El poder termina en el momento de reposo; reside en el momento de transición de un estado anterior a uno nuevo, en el paso del abismo, en el salto hacia un objetivo. El mundo aborrece este hecho que el alma devenga, pues eso degrada para siempre el pasado, transforma todas las riquezas en pobreza y toda reputación en vergüenza, confunde al santo con el canalla, iguala a Jesús y a Judas. ¿Por qué, pues, parloteamos sobre ? En la medida en que el alma esté presente, habrá una fuerza no confiada, sino activa. Hablar de confianza es una manera pobre y superficial de hablar. Hay que hablar, en cambio, de aquello que confía, porque actúa y es. Quien tiene más obediencia que yo, me domina, aunque no tenga que levantar un dedo. He de orbitar a su alrededor por la gravitación de las mentes. Cuando hablamos de virtud excepcional, nos figuramos que es retórica. No vemos aún que la virtud es Elevación, y que un hombre o un grupo de hombres, maleables y permeables a los principios, por la ley natural deben vencer y dirigir a todas las ciudades, naciones, reyes, hombres ricos y poetas que no lo sean.

Tal es el hecho último al que con tanta presteza llegamos sobre esta cuestión, como sobre todos los asuntos: la resolución de todo en el por siempre sagrado UNO. La existencia independiente es el atributo de la Causa Suprema, y constituye la medida del bien en tanto que se introduce en todas las formas inferiores. Todas las cosas reales lo son de acuerdo con cuanta virtud contengan. El comercio, la ganadería, la montería, la caza de ballenas, la guerra, la elocuencia, la relevancia personal son algo, y despiertan mi respeto como ejemplos de su presencia y virtud impura. Veo que la misma ley actúa en la naturaleza para la conservación y el crecimiento. El poder es, en la naturaleza, la medida esencial de lo justo. La naturaleza no permite que permanezca en sus dominios aquello que no pueda valerse por sí mismo. La génesis y la maduración de un planeta, su estabilidad y su órbita, el árbol doblado que se recupera él solo tras el fuerte viento, los recursos vitales de todo ser animal y vegetal son demostraciones del alma independiente y, por lo tanto, autosuficiente.

Y, así, todo se concentra: no hemos de vagar, sino quedarnos sentados en nuestro hogar con la causa. Asombrad y dejad pasmada a la muchedumbre intrusa de hombres, libros e instituciones mediante una simple declaración del hecho divino. Exigid a los invasores que se descalcen, pues la divinidad está aquí dentro. Que nuestra sencillez los juzgue y nuestra docilidad ante nuestra propia ley demuestre la pobreza de su naturaleza y su fortuna junto a nuestras riquezas originales.

Pero ahora somos una turba. El hombre no se alza atónito ante el hombre, ni su genio se ve exhortado a quedarse en casa para entrar en comunicación con el océano interior, sino que sale para suplicar un vaso de agua de las jarras de otros hombres. Debemos caminar solos. Prefiero con mucho el silencio de la iglesia antes de que comience el servicio a cualquier oración. ¡Qué lejanas, qué frías e inmaculadas parecen las personas, ceñida cada una de ellas a un recinto o santuario! Así pues, sentémonos siempre. ¿Por qué habríamos de asumir las faltas de nuestro amigo, nuestra esposa, nuestro padre o nuestro hijo, solo porque se sientan en torno a nuestra hoguera o se dice que tienen nuestra misma sangre? Todos los hombres tienen mi sangre y yo tengo la de todos ellos. No por eso voy a asumir su irritabilidad o su alegría, hasta el punto incluso de avergonzarme de ello. Pero vuestro aislamiento no ha de ser mecánico, sino espiritual; es decir, ha de ser elevación. En ocasiones, el mundo entero parece estar conspirando para molestaros con nimiedades categóricas. Amigo, cliente, hijo, enfermedad, miedo, necesidad, caridad: todos llaman a la vez a vuestra puerta cerrada y dicen: «Sal y ven con nosotros». Manteneos firmes, no os adentréis en su confusión. El poder que poseen los hombres para importunarme se lo otorgo yo con una curiosidad débil. Ningún hombre puede aproximarse a mí sino a través de mis acciones. «Amamos lo que tenemos, pero por culpa del deseo nos privamos del amor».

Si no podemos alzarnos al instante hasta las santidades de la obediencia y la fe, por lo menos hemos de resistir nuestras tentaciones, adentrarnos en el estado de guerra y despertar a Thor y a Woden, la valentía y la constancia, en nuestros pechos sajones. Ello ha de hacerse, en estos tiempos tranquilos, diciendo la verdad. Estudiad esta hospitalidad y este cariño embusteros. Dejad de vivir según lo que esperan las personas engañadas y engañosas que conocéis. Decidles: «Padre, madre, esposa, hermano, amigo, hasta ahora he vivido con vosotros de acuerdo con las apariencias. De aquí en adelante, pertenezco a la verdad. Sabed que, en lo sucesivo, no obedeceré más ley que la ley eterna. No tendré pactos, sino cercanías. Me esforzaré por dar de comer a mis padres y por garantizar sustento a mi familia, por ser el marido fiel de una sola esposa, pero estas relaciones las he de satisfacer de un modo nuevo e inédito. Me retiro de vuestras costumbres. Debo ser yo mismo. No puedo seguir quebrándome para ninguno de vosotros. Si podéis quererme por lo que soy, seremos muy felices. Si no podéis, trataré aun así de ser merecedor de vuestro afecto. No ocultaré mis preferencias ni mis aversiones. Confiaré en que lo que es profundo también es sagrado, en que haré con fuerza ante el sol y la luna todo aquello que me regocije por dentro y el corazón me indique. Si sois nobles, os querré; si no lo sois, no os haré daño, como tampoco me lo haré a mí mismo, con atenciones hipócritas. Si sois sinceros, pero no con la misma verdad que yo, quedaos con vuestros iguales; yo buscaré a los míos. No hago esto con egoísmo, sino con humildad y sinceridad. Conviene por igual a vuestro interés, al mío y al de todos los hombres, por mucho que hayamos vivido en la mentira, vivir desde ahora en la verdad. ¿Os suena esto muy duro? Pronto amaréis lo que os dicta vuestra naturaleza además de la mía, y, si seguimos la verdad, esta al final nos hará vivir a salvo». Estas palabras tal vez hieran a vuestros amigos. Sí, pero no puedo vender mi libertad y mi poder para proteger su sensibilidad. Además, todas las personas tienen sus momentos de razón, cuando se asoman a la región de la verdad absoluta; entonces, me justificarán y harán lo mismo.

El populacho cree que vuestro repudio de las normas comunes es un rechazo a toda norma y un mero antinomismo, y el sensualista atrevido se valdrá del nombre de la filosofía para adornar sus delitos. Pero la ley de la conciencia perdura. Hay dos confesionarios, y en uno u otro hemos de contar nuestros pecados. Podéis cumplir con vuestra ronda de obligaciones explicándoos de manera directa o de manera refleja. Pensad si habéis satisfecho vuestras relaciones con el padre, la madre, el primo, el vecino, la ciudad, el gato y el perro, y si alguno de ellos puede reprobaros. Pero también puedo desatender esa norma refleja y absolverme a mí mismo. Tengo mis propias exigencias firmes y un círculo perfecto. Les retira el nombre de deber a muchas funciones que se llaman deberes. Pero, una vez satisfechas las deudas, me permite prescindir del código común. Si alguien imagina que esta ley es laxa, que se someta a ella un solo día.

Y, ciertamente, exige algo divino a quien se ha deshecho de los motivos generales de la humanidad y se ha aventurado a confiar en sí mismo como capataz. ¡Elevado sea su corazón, fiel su voluntad, clara su mirada, para que de verdad pueda ser doctrina, sociedad y ley para sí mismo, para que un simple propósito le resulte tan fuerte a él como la necesidad de hierro les resulta a otros!

Cualquiera que analice los aspectos presentes de lo que por distinción se conoce como «sociedad» verá la necesidad de esta ética. Parece que al hombre se le han arrancado el nervio y el corazón y que nos hemos vuelto unos quejicosos desesperados y timoratos. Nos da miedo la verdad, nos da miedo la fortuna, nos da miedo la muerte y nos damos miedo unos a otros. Nuestra época no engendra personas grandes y perfectas. Queremos hombres y mujeres que renueven la vida y nuestro estado social, pero vemos que casi todas las naturalezas son insolventes, no pueden satisfacer sus propios deseos, tienen una ambición desproporcionada con respecto a su verdadera fuerza y pasan el día y la noche inclinándose y rogando.

Nuestro trabajo doméstico es mendicante, no hemos elegido nuestras artes, nuestras ocupaciones, nuestros matrimonios, nuestra religión, sino que la sociedad los ha elegido por nosotros. Somos soldados de salón. Evitamos la accidentada batalla del destino, donde nace la auténtica fuerza.

Si nuestros jóvenes malogran sus primeras empresas, pierden todo el ánimo. Si el inexperto mercader fracasa, le dicen que está arruinado. Si el mejor de los genios estudia en una universidad entre las cuatro más selectas y, un año después, no está ya instalado en un despacho del centro de Boston o Nueva York, a sus amigos y a él les parece lógico que pase el resto de sus días desanimado y quejándose. Un chaval robusto de Nuevo Hampshire o Vermont, que prueba una tras otra todas las profesiones, que engancha bestias, labra la tierra, comercia, atiende una escuela, predica, edita un periódico, va al Congreso, compra un terreno, etc., en años sucesivos y, como si fuera un gato, cae siempre de pie, vale lo mismo que cien de esas muñequitas de ciudad. Avanza con sus días y no se avergüenza por no «estudiar una profesión», pues no pospone su vida, sino que ya está viviendo. No tiene una oportunidad, sino cien. Que un estoico revise los recursos del hombre y nos diga que no somos sauces inclinados, sino que podemos y debemos desgajarnos; que, con el ejercicio de la confianza en uno mismo, aparecerán nuevas facultades; que un hombre es la palabra hecha carne, nacida para derramar sanación sobre las naciones; que debe avergonzarse de nuestra compasión y que, en cuanto actúe desde sí mismo y arroje por la ventana las leyes, los libros, las idolatrías y las costumbres, dejaremos de compadecernos de él y, en cambio, le prodigaremos agradecimientos y reverencias, y que el maestro ha de devolverle el esplendor a la vida del hombre y hacer que su nombre sea querido a lo largo de toda la historia.

Es fácil ver que una mayor autosuficiencia ha de operar una revolución en todos los cargos y relaciones de los hombres, en su religión, en su educación, en sus búsquedas, sus modos de vida, sus amistades, sus posesiones, sus opiniones.

¡Qué oraciones se permiten los hombres! Aquello que llaman oficio sagrado no lo es tanto como valiente y humano. La oración mira hacia afuera y pide que del exterior venga a sumarse algo nuevo a través de alguna virtud ajena, y se pierde en los laberintos incesantes de lo natural y lo sobrenatural, de lo mediador y lo milagroso. La oración que ansía un producto concreto, cualquier cosa que no sea el bien absoluto, es mezquina. La oración debe ser la contemplación de los hechos de la vida desde el punto de vista más elevado. Es el soliloquio de un alma observadora y exultante. Es el espíritu divino juzgando que sus obras son buenas. Pero normalmente implica dualismo y no unidad entre la naturaleza y la conciencia. En cuanto el hombre sea uno con la divinidad, dejará de rogar. Verá la oración en perfecta marcha. La oración del granjero arrodillado en su campo para desbrozarlo y la oración del remero arrodillado con la batida de su remo son las auténticas oraciones que se oyen por toda la naturaleza, aunque para fines corrientes. En *Bonduca*, de Fletcher, Carataco responde lo siguiente cuando se le exhorta a que averigüe qué tiene en mente el dios Audate:

Su sentido oculto reside en nuestros afanes;
nuestros valores son nuestros mejores dioses.

Otro tipo de oraciones falsas son nuestros lamentos. El descontento deriva del anhelo de autosuficiencia: es debilidad de la voluntad. Lamentad las calamidades si con ello podéis ayudar a quien las sufre; si no, ocupaos de vuestros asuntos y el daño ya habrá empezado a corregirse. Nuestra compasión es igual de banal. Nos acercamos a quienes sollozan atolondradamente y nos sentamos a llorar con ellos para hacerles compañía, en lugar de administrarles verdad y salud en forma de crudas sacudidas eléctricas que los vuelvan a poner en contacto con su propia razón. El secreto de la fortuna es alegría en nuestras manos. Siempre bien recibido por dioses y hombres es aquel que se basta a sí mismo. Para él, todas las puertas se abren de par en par; a él todas las lenguas lo saludan, todos los honores lo coronan, todos los ojos lo siguen con deseo. Nuestro amor va hacia él y lo abraza precisamente porque él no lo necesita. Lo acariciamos y ensalzamos, solícitos y comprensivos, porque se mantuvo firme en su camino y desdeñó nuestra disconformidad. Los dioses lo aman porque los hombres lo odiaban. «Para el mortal que persevera», dijo Zoroastro, «los sagrados inmortales se muestran sagaces».

Igual que las oraciones de los hombres son una enfermedad de la voluntad, sus credos son una enfermedad del intelecto. Dicen, con esos necios israelitas: «Habla tú con nosotros y escucharemos; pero que no hable Dios con nosotros, no sea que muramos». Por todas partes hallo trabas para encontrar a Dios en mi hermano, porque este ha cerrado las puertas de su templo y se limita a recitar fábulas del Dios de su hermano o del Dios del hermano de su hermano. Cada mente nueva es una nueva clasificación. Si resulta ser una mente de actividad y capacidad poco habituales, un Locke, un Lavoisier, un Hutton, un Bentham, un Fourier, impone su clasificación a otros hombres y he aquí un sistema nuevo. Su complacencia está en proporción con la profundidad del pensamiento y, de este modo, con el número de objetos que toca y pone al alcance del discípulo. Pero esto es evidente sobre todo en credos e Iglesias, que también son clasificaciones de alguna mente poderosa que actúa sobre el pensamiento elemental del derecho y la relación del hombre con lo más Elevado. Es el caso del calvinismo, el cuaquerismo, el swedenborgismo. El discípulo disfruta tanto al subordinarlo todo a la nueva terminología como una niña que acaba de aprender botánica al ver una tierra nueva y nuevas estaciones en ella. Ocurrirá durante un tiempo que el discípulo observe que su capacidad intelectual ha aumentado gracias al estudio de la mente de su maestro. Pero en todas las mentes dependientes la clasificación está idolatrada, se toma por el fin y no por un medio prontamente agotable, de manera que, a sus ojos, las paredes del sistema se mezclan en el horizonte remoto con las paredes del universo, y las lumbreras del cielo les parecen estar colgadas del arco que construyó su maestro. No conciben que los extraños tengáis algún derecho a ver, que podáis de hecho ver: «De algún modo debéis de habernos robado la luz». No perciben aún que la luz, asistemática, indómita, entra en cualquier cabaña, incluso en la de ellos. Que gorjeen un rato y digan que es suya. Si son honrados y hacen las cosas bien, su jaula, limpia y nueva, será muy estrecha y muy baja, se resquebrajará, se ladeará, se pudrirá y desaparecerá, y la luz inmortal, joven y alegre, de un millón de orbes y colores, brillará sobre el universo como en la primera mañana.

El deseo de cultivarse es lo que hace que la superstición de Viajar, cuyos ídolos son Italia, Inglaterra, Egipto o Grecia, siga fascinando a todos los estadounidenses cultos. Quienes hicieron venerables estos territorios en la imaginación lo lograron clavándose con firmeza donde estaban, como un *axis mundi*. En nuestros momentos más humanos, sentimos que nuestro sitio es el deber. El alma no es viajera; el hombre sabio se queda en casa y, cuando sus necesidades u obligaciones lo llaman en algún momento a salir de ella o a adentrarse en tierras extranjeras, sigue estando en casa y hará notar a los hombres, con la expresión de su semblante, que él, misionario de la sabiduría y la virtud, va a visitar ciudades y hombres como un soberano, y no como un intruso o un sirviente.

No tengo ninguna objeción grosera a la circunnavegación del planeta con fines artísticos, de estudios o de benevolencia, pues en esos casos el hombre ya está domesticado y no va al extranjero con la esperanza de encontrar algo mayor de lo que conoce. Pero quien viaja por entretenimiento o para conseguir algo que no lleva consigo se aparta de sí mismo y envejece, aun siendo joven, entre cosas viejas. En Tebas y en Palmira, su voluntad y su mente acaban raídas y deterioradas como esas mismas ciudades. Lleva ruinas a las ruinas.

Viajar es el paraíso del insensato. Ya nuestros primeros trayectos nos descubren la indiferencia de los lugares. En casa, sueño que en Nápoles o en Roma puedo embriagarme de belleza y desprenderme de mi melancolía. Hago el equipaje, abrazo a mis amigos, me embarco y por fin despierto en Roma, y allí, a mi lado, está la cruda realidad, el triste yo, implacable, idéntico, del que hui. Busco el Vaticano y los palacios. Finjo embriagarme con las vistas y las sugerencias, pero no lo consigo. Mi gigante va conmigo allá donde voy.

La fiebre de viajar es incluso síntoma de una falta de solidez más profunda que afecta a la acción intelectual por completo. El intelecto es vagabundo y nuestro sistema educativo fomenta el desasosiego. La mente viaja más rápido cuando los cuerpos se ven obligados a quedarse en casa. Imitamos, y ¿qué es la imitación, sino el viaje de la mente? Nuestras casas están construidas con gustos extranjeros; nuestros estantes están adornados con ornamentos que vienen de lejos; nuestras opiniones, nuestros intereses, nuestras facultades se inclinan y siguen a lo Pasado y lo Remoto. El alma creó las artes allí donde han florecido. El artista buscó su modelo en su propia mente. Fue una aplicación de su propio pensamiento en la cosa por hacer y las condiciones que respetar. Y ¿por qué tenemos que copiar el modelo dórico o gótico? La belleza, la comodidad, la grandeza de pensamiento y la expresión pintoresca están tan cerca de nosotros como de cualquiera, y si el artista estadounidense examina con esperanza y amor la cosa concreta que ha de hacer, teniendo en cuenta el clima, la tierra, la duración del día, los anhelos de la gente, el hábito y forma de gobierno, creará una casa en la que todo esto encaje y también queden satisfechos el gusto y el sentimiento.

Insistid en vosotros mismos, no imitéis jamás. Podéis presentar vuestro propio don en cualquier momento con la fuerza acumulada de toda una vida de cultivo, pero del talento adoptado de otro solamente tendréis media posesión improvisada. Aquello que cada uno sabe hacer mejor no puede enseñárselo nadie más que su Creador. Ningún hombre sabe aún cuál es, ni puede saberlo, hasta que esa persona lo haya expuesto. ¿Dónde está el maestro que pudo enseñar a Shakespeare? ¿Dónde está el maestro que pudo instruir a Franklin, a Washington, a Bacon o a Newton? Todo gran hombre es único. El escipionismo de Escipión es justo esa parte que no pudo tomar prestada. No se creará nunca a Shakespeare estudiando a Shakespeare. Haced lo que se os haya encomendado y no podréis esperar demasiado ni atreveros demasiado. En este momento, hay para vosotros una declaración osada y grandiosa como la del colosal cincel de Fidias, o el palustre de los egipcios, o la pluma de Dante, pero distinta de todas estas.

Es posible que el alma rica y elocuente, con una lengua mil veces dividida, no se digne repetirse, pero, si sois capaces de oír lo que dicen estos patriarcas, seguro que podréis responderles con el mismo tono de voz, pues el oído y la lengua son dos órganos de una misma naturaleza. Permaneced en las regiones asequibles y nobles de vuestra vida, obedeced a vuestro corazón y volveréis a reproducir el Mundo primigenio.

Cuando nuestra Religión, nuestra Educación y nuestro Arte miran hacia el extranjero, también lo hace nuestro espíritu social. Todos los hombres se echan flores con la mejora de la sociedad, y ningún hombre mejora.

La sociedad nunca avanza. Retrocede por un lado igual de rápido que adelanta por el otro. Está sometida a cambios constantes; es bárbara, civilizada, cristianizada, rica, científica, pero el cambio no es mejora. Por cada cosa que llega, otra cosa se quita. La sociedad adquiere artes nuevas y pierde viejos instintos. ¡Qué contraste entre el estadounidense bien vestido, que lee, escribe y piensa, con un reloj, un lápiz y una letra de cambio en su bolsillo, y el neozelandés desnudo, cuyas posesiones son un garrote, una lanza, una estera y una vigésima parte, sin separar, de un cobertizo en el que dormir! Pero comparad la salud de ambos hombres y veréis que el blanco ha perdido su fuerza aborigen. Si el viajero cuenta la verdad, golpead al salvaje con un hacha ancha y, al cabo de uno o dos días, la carne se juntará y sanará como si hubierais golpeado alquitrán blando, y ese mismo impacto enviará al blanco a la tumba.

El hombre civilizado ha sido capaz de construir un coche, pero ha perdido el uso de los pies. Se apoya en muletas, pero le falta el soporte de los músculos. Tiene un magnífico reloj que le llega de Ginebra, pero no tiene la capacidad de saber la hora mirando el sol. Posee un almanaque náutico de Greenwich y, como tiene asegurada la información cuando la quiera, no conoce las estrellas del cielo. No se fija en el solsticio, del equinoccio sabe otro tanto, y de todo el soleado calendario del año no hay en su mente ni un solo disco. Sus cuadernos le alteran la memoria, sus bibliotecas saturan su buen juicio, la compañía aseguradora aumenta el número de accidentes, y podríamos preguntarnos si las máquinas no abruman, si no hemos perdido cierta energía por culpa del refinamiento, cierto vigor y cierta virtud indómita por culpa del cristianismo, atrincherado en sus establecimientos y sus formas. Porque todo estoico era un estoico, pero, en la cristiandad, ¿dónde está el cristiano?

No hay más desviación en la moral normal que en la altura o masa normales. No hay ahora hombres más grandes que antes. Puede observarse una igualdad singular entre los grandes hombres de la primera y la última época. Tampoco la ciencia, el arte, la religión y la filosofía del siglo XIX pueden servir para formar a hombres más grandes que los héroes de Plutarco, hace tres o cuatro o veinte siglos. La raza no progresa en el tiempo. Foción, Sócrates, Anaxágoras y Diógenes son grandes hombres, pero no dejan una clase tras de sí. A quien de verdad pertenece a su clase no se lo llamará con esos nombres, sino que será un hombre por sí mismo y, a su vez, el fundador de una secta. Las artes e inventos de cada periodo son solo la costumbre de este y no estimulan a los hombres. El perjuicio de tener mejores máquinas puede compensar sus ventajas. Hudson y Bering hicieron proezas a bordo de sus barcos pesqueros que dejaron atónitos a Parry y Franklin, cuyo instrumental agotaba los recursos de la ciencia y el arte. Galileo, con unos binóculos, descubrió una serie de fenómenos celestes más espléndida que cualquiera que se haya avistado después. Colón encontró el Nuevo Mundo a bordo de un barco muy simple. Es curioso ver el desuso y desaparición periódicos de medios y máquinas presentados pocos años o siglos antes entre ruidosos elogios. El gran genio vuelve al hombre esencial. Contamos los avances del arte de la guerra entre los triunfos de la ciencia, y, sin embargo, Napoleón conquistó Europa mediante la técnica del vivac, que consistía en recurrir al mero valor y despojarlo de medidas de apoyo. El emperador sostenía que era imposible conformar un ejército perfecto, dice Las Cases, «sin abolir nuestras armas, polvorines, economatos y carros, hasta que, a la usanza romana, el soldado recibiera su ración de grano, lo convirtiera en harina con su molino manual y cociera su propio pan».

La sociedad es una ola. La ola se mueve hacia adelante, pero el agua que la compone no. La misma partícula no se eleva desde el valle hasta la cresta. Su unidad es solo fenoménica. Las personas que conforman hoy una nación mueren al año siguiente y con ellas muere su experiencia.

Y, de este modo, la dependencia de la Propiedad, incluida la dependencia de los gobiernos que la protegen, da lugar a la falta primordial de autosuficiencia. Los hombres llevan tanto tiempo apartando la mirada de sí mismos y fijándola en otras cosas que han terminado considerando las instituciones religiosas, educativas y civiles como garantes de la propiedad, y desaprueban los ataques que estas reciben porque los entienden como ataques a la propiedad. Miden el aprecio que se guardan unos a otros en función de lo que cada cual tiene, y no de lo que cada cual es. Pero un hombre cultivado se avergüenza de sus posesiones al adquirir un nuevo respeto por su naturaleza. Especialmente, odia lo que posee si se da cuenta de que es accidental: que le ha llegado por herencia, regalo o delito; entonces, siente que eso no es poseer, que no le pertenece, que no está arraigado en él y que solo está ahí porque ninguna revolución o ladrón se lo ha quitado. Pero aquello que un hombre es lo adquiere siempre por necesidad, y lo que el hombre adquiere así son posesiones vivas, que no están a disposición de gobernantes, turbas, revoluciones, incendios, tormentas ni bancarrotas, sino que se renuevan constantemente allí donde el hombre respire. «Tu suerte o tu destino en la vida», dijo el califa Alí, «están buscándote; por lo tanto, no te canses tú buscándolos». Nuestra dependencia de esos bienes ajenos nos lleva a un respeto servil por las cifras. Los partidos políticos se reúnen en convenciones multitudinarias; cuanta mayor asistencia, y con cada nuevo anuncio clamoroso —¡la delegación de Essex!, ¡los demócratas de Nuevo Hampshire!,

¡los conservadores de Maine!—, el joven patriota se siente más fuerte que antes gracias a mil ojos y brazos nuevos. De igual modo, los reformistas convocan congresos y votan y deciden en multitud. Pero, amigos, no será así como la divinidad se digne a entrar y vivir en vosotros, sino con un método exactamente inverso. Solo cuando el hombre aparta todo el apoyo externo y se alza independiente, lo considero fuerte y victorioso. Por el contrario, es más débil con cada incorporación a su estandarte. ¿Acaso un hombre no es mejor que una ciudad? No pidáis nada a los hombres y, en la incesante mutación, solo vosotros, columna firme, habréis de aparecer como el defensor de todo lo que os rodea. Quien sabe que el poder es innato y se sabe débil porque ha estado buscando el bien fuera de sí mismo y en otros lugares y, al darse cuenta, se arroja sin dudarlo a sus ideas, se endereza al instante, se yergue, gobierna sus extremidades, obra milagros, igual que un hombre que se apoya sobre sus pies es más fuerte que un hombre que se apoya sobre su cabeza.

Usad de este modo lo que se llama Fortuna. Casi todos los hombres juegan con ella y lo ganan y pierden todo con el girar de su rueda. Pero renunciad a estas ganancias por ilegítimas y entregaos a la Causa y el Efecto, los chancilleres de Dios. Practicad y adquirid la Voluntad y habréis encadenado la rueda de la Fortuna, y entonces podréis sentaros sin miedo a contemplar sus rotaciones. Una victoria política, un aumento de las rentas, la recuperación de un enfermo, la vuelta de un amigo ausente o algún otro acontecimiento favorable os elevan el ánimo y pensáis que se avecinan buenos tiempos. No lo creáis. Nada puede traeros paz salvo vosotros mismos. Nada puede traeros paz salvo el triunfo de los principios.

LA COMPENSACIÓN

Las alas del Tiempo son negras y blancas,
pintas del color de la noche y la mañana.
La montaña alta y el profundo mar
mantienen diligentes su equilibrio tembloroso.
En la luna cambiante, en la ola de marea,
refulge el pleito entre Querer y Tener.
A ser calibre de lo más y lo menos
juegan en el espacio la estrella eléctrica y el pincel.
La Tierra, solitaria entre esas bolas
que corren veloces por los salones eternos,
contrapeso que vuela hacia el vacío,
asteroide complementario
o chispa compensatoria,
atraviesa rauda la neutra Oscuridad.
El hombre es el olmo y la riqueza la vid,
firmes y fuertes se entrelazan sus zarcillos:
aunque los frágiles bucles os engañen,
nada en su linaje puede saquear esa cepa.
No temáis, pues, frágiles niños,
ningún dios se atreve a dañar a un gusano.
Las coronas de laurel se aferran a los méritos
y dan poder a quien poder ejerce;
¿no ostentáis vuestra parte? Sobre pies alados,
¡mirad!, acude con presteza al encuentro,
y todo lo que la Naturaleza os hizo propio,

flotando en el aire o acumulado en la roca,
desgarrará los montes y cruzará el mar
y, como sombra vuestra, os seguirá.

Llevo desde que era niño queriendo escribir un ensayo acerca de la Compensación, pues me parecía, siendo aún muy joven, que sobre este asunto la vida iba por delante de la teología y que la gente sabía más de lo que enseñaban los sacerdotes. Los documentos de los que extraer la doctrina, además, me fascinaban por su infinita variedad, y los tenía siempre dispuestos ante mí, incluso en sueños, ya que son las herramientas que tenemos en las manos, el pan de nuestra cesta, las transacciones que hacemos en la calle, la granja y la casa, los saludos, las relaciones, las deudas y los créditos, la influencia del carácter, la naturaleza y el talento de todos los hombres. También me parecía que en la Compensación podría mostrarse a los hombres un rayo de divinidad, la acción presente del alma de este mundo, limpia de todo vestigio de tradición, y, de este modo, una inundación de amor eterno podría llenar sus corazones, en conversación con aquello que siempre ha sido y siempre ha de ser, porque ahora, verdaderamente, es. Pensaba, por añadidura, que, si esta doctrina pudiera formularse en términos que se parecieran en algo a aquellas brillantes intuiciones en las que a veces se nos revela la verdad, sería una estrella en muchos momentos de oscuridad y tramos tortuosos de nuestro trayecto que evitaría que nos perdiéramos.

Hace poco, me reafirmé en estos anhelos escuchando un sermón en la iglesia. El pastor, un hombre apreciado por su ortodoxia, desarrolló de la manera acostumbrada la doctrina del Juicio Final. Daba por sentado que el juicio no se celebra en este mundo, que aquí los malvados tienen éxito y los buenos pasan penalidades, y luego insistía, desde la razón y desde las Escrituras, en que habría una compensación para ambas partes en la otra vida. La congregación no pareció ofenderse por esta doctrina. Según pude observar cuando el encuentro terminó, los asistentes se dispersaron sin comentar el sermón.

Sin embargo, ¿cuál era el significado implícito de esta enseñanza? ¿Qué quería decir el pastor con que los buenos pasan penalidades en la vida presente? ¿Que las casas y las tierras, los depósitos bancarios, el vino, los caballos, los ropajes y el lujo están en manos de hombres sin principios, mientras que los santos sufren pobreza y desprecio, y que estos últimos tendrán una compensación más adelante, pues recibirán otro día unas gratificaciones similares, como títulos mercantiles y doblones, carne de venado y champán? Tal ha de ser la compensación prevista, ¿a cambio de qué? ¿De tener permiso para rezar y alabar a Dios? ¿Para amar y servir a los hombres? Vaya, pues eso pueden hacerlo ya. La deducción legítima que extraería el discípulo es: «Vamos a disfrutar tanto como están disfrutando ahora los pecadores», o, llevándolo hasta su sentido implícito más extremo: «Vosotros pecad ahora, que nosotros ya pecaremos dentro de un rato; si pudiéramos, de hecho, estaríamos también pecando ya; mañana nos vengaremos de lo mal que nos va hoy».

La falacia estribaba en la concesión inmensa de que a los malos les va bien, de que ahora no se hace justicia. La ceguera del pastor consistía en remitirse a la apreciación más común del mercado sobre lo que constituye un éxito humano, en lugar de enfrentarse a ello y convencer al mundo desde la verdad, de anunciar la presencia del alma y la omnipotencia de la voluntad y, de este modo, de establecer la referencia de lo bueno y lo malo, del éxito y el fracaso.

Encuentro un tono común muy similar en las obras espirituales más populares del momento y veo esas mismas doctrinas asumidas por los hombres de letras en las ocasiones en que tratan ese tipo de temas. Creo que nuestra teología popular ha ganado en decoro, y no en principios, con respecto a las supersticiones a las que ha desplazado. Pero los hombres son mejores que su teología. Su vida diaria la desmiente. Todas las almas cándidas y con aspiraciones dejan tras de sí la doctrina en su propia experiencia, y todos los hombres sienten a veces la falsedad que no pueden demostrar. Pues los hombres son más sabios de lo que creen. Aquello que oyen en las escuelas y los púlpitos sin que expresen reparos se cuestionaría en silencio, probablemente, si se enunciara en una conversación. Si alguien dogmatiza ante un público diverso sobre la Providencia y las leyes divinas, recibirá por respuesta un silencio que a un buen observador le dejará bien claro el descontento del oyente, a pesar de su incapacidad para hacer su propia declaración.

En este ensayo trataré de dejar constancia de ciertos hechos que indican el camino de la ley de la Compensación; quedaré más satisfecho de lo que espero si consigo trazar de verdad un arco, aun ínfimo, de este círculo.

La polaridad, o el principio de acción y reacción, la encontramos por doquier en la naturaleza: en la oscuridad y la luz, en el calor y el frío, en el flujo y el reflujo de las aguas, en el macho y la hembra, en la inspiración y la espiración de plantas y animales, en la ecuación de cantidad y calidad en los fluidos del cuerpo animal, en la sístole y la diástole del corazón, en las ondulaciones de los fluidos y del sonido, en la fuerza centrífuga y centrípeta, en la electricidad, el galvanismo y la afinidad química. Si se induce magnetismo en un extremo de una aguja, el magnetismo opuesto aparece en el otro extremo. Si el sur atrae, el norte repele. Para vaciar aquí, habéis de condensar allí. Un dualismo inevitable divide en dos la naturaleza, de forma que cada cosa es una mitad y sugiere otra cosa para estar completa, por ejemplo: espíritu, materia; hombre, mujer; impar, par; subjetivo, objetivo; dentro, fuera; superior, inferior; movimiento, reposo; sí, no.

Igual de dual que el mundo es también cada una de las partes que lo componen. El sistema entero de las cosas se ve representado en cada partícula. Hay algo que recuerda al flujo y el reflujo del mar, al día y la noche, al hombre y la mujer en una simple aguja de pino, en un grano de maíz, en cada individuo de toda tribu animal. La reacción, tan grande en los elementos, se repite dentro de esos pequeños límites. Por ejemplo, en el reino animal el fisiólogo ha observado que no hay criaturas favoritas, sino que una cierta compensación equilibra todas las virtudes y todos los defectos. Aquello que se da en exceso en una parte conlleva una reducción en otra zona del cuerpo de la misma criatura. Si la cabeza y el cuello se agrandan, el tronco y las extremidades se reducen.

La teoría de las fuerzas mecánicas es otro ejemplo. Lo que ganamos en potencia se pierde en tiempo, y a la inversa. Los errores periódicos o compensadores de los planetas son otro caso. Las influencias del clima y el terreno en la historia política, otro. El clima frío tonifica. En el terreno árido no se crían fiebres, cocodrilos, tigres ni escorpiones.

Ese mismo dualismo subyace a la naturaleza y condición humanas. Todo exceso causa un defecto; todo defecto, un exceso. Todo lo dulce tiene su amargura; todo lo malo, su bondad. Toda facultad que sirve para el placer tiene una pena igual impuesta sobre su abuso. Debe responder por su moderación con su vida. Por cada ápice de sensatez hay uno de locura. Por cada cosa que se ha perdido, se ha ganado otra; por todo aquello que se gana, se pierde algo. Si las riquezas aumentan, también lo hacen quienes las consumen. Si el recolector cosecha demasiado, la Naturaleza le quita al hombre lo que le ha puesto en el pecho; hincha la hacienda, pero mata al propietario. La Naturaleza odia los monopolios y las excepciones. Las olas del mar no buscan nivelarse desde su agitación más elevada con más rapidez que aquella con la que las variaciones de un estado tienden a igualarse. Siempre hay una circunstancia niveladora que coloca al autoritario, al fuerte, al rico y al afortunado sustancialmente en el mismo terreno que a todos los demás. ¿Un hombre es demasiado fuerte y violento para la sociedad y, por su temperamento y posición, un mal ciudadano, un rufián malhumorado con un toque de pirata? La Naturaleza le manda una tropa de bellos hijos e hijas que sacan buenas notas en las clases de la escuela del pueblo, y el amor y el miedo que siente por ellos le suavizan el ceño hasta la gentileza. Así, la Naturaleza se las arregla para enternecer el granito y el feldespato, saca al jabalí y mete al cordero y mantiene un equilibrio justo.

El granjero imagina que el poder y la posición son cosas buenas. Pero el presidente ha pagado cara su Casa Blanca. En general, le ha costado toda su paz y sus mejores atributos como hombre. Para poder mantener durante un breve tiempo una apariencia tan notoria ante el mundo, se contenta con comer polvo delante de los auténticos amos, que aguardan en pie, erguidos, detrás del trono. ¿O desean los hombres la grandeza, más sustancial y permanente, del genio? Esta tampoco tiene inmunidad. Quien por fuerza de voluntad o de pensamiento es enorme y se erige sobre miles de personas tiene las responsabilidades de esa eminencia. Con cada influjo de luz llega un nuevo peligro. ¿Ese hombre tiene brillo? Entonces debe dar testimonio de su fulgor y dejar atrás siempre esa compasión que tan profunda satisfacción le aporta, en aras de nuevas relaciones del alma incesante. Debe odiar a padre y madre, esposa e hijo. ¿Tiene todo lo que el mundo aprecia, admira y codicia? Debe arrojar tras de sí la fascinación de los otros y afligirlos por fidelidad a su verdad y convertirse en consigna y abucheo.

Esta ley escribe las normas de ciudades y naciones. Es inútil construir, tramar o asociarse contra ella. Al final, las cosas se resisten a una mala gestión prolongada. *Res nolunt diu male administrari*. Aunque un nuevo mal no tenga frenos visibles, esos frenos existen y acabarán mostrándose. Si el Gobierno es cruel, la vida del gobernador no estará a salvo. Si los impuestos son muy altos, los ingresos no producirán nada. Si se aplica un código penal sanguinario, los jurados no condenarán. Si la ley es demasiado laxa, aparecerá en escena la venganza particular. Si el Gobierno auspicia una democracia terrible, a la presión se opondrá una sobrecarga de energía en el ciudadano, y la vida refulgirá con una llama más viva. La auténtica existencia y satisfacciones del hombre parecen escapar a los rigores o alegrías más extremos y asentarse con una indiferencia enorme en todo tipo de circunstancias. La influencia del carácter es la misma bajo todos los gobiernos: en Turquía y en Nueva Inglaterra casi por igual. Bajo los déspotas primitivos de Egipto, la historia confiesa sinceramente que el hombre debió de ser tan libre como la cultura le permitiera.

Estas apariencias indican que el universo está representado en cada una de sus partículas. Todas las cosas de la naturaleza contienen todas las fuerzas de la naturaleza. Todas las cosas están hechas de una sustancia oculta; así un naturalista ve un solo tipo de materia bajo toda metamorfosis, y para él un caballo es un hombre que corre, un pez es un hombre que nada, un pájaro es un hombre que vuela y un árbol es un hombre con raíces. Cada nueva forma repite no solo el carácter principal del tipo, sino, parte por parte, todos los detalles, todos los fines, estímulos, impedimentos, energías y el sistema completo de cada una de las demás. Toda ocupación, oficio, arte y transacción es un compendio del mundo y un correlato de los demás. Cada una es un emblema completo de la vida humana, de lo bueno y lo malo que esta tiene, de sus dificultades, sus enemigos, su transcurso y su fin. Y cada una debe acomodar de algún modo al hombre completo y narrar todo su destino.

El globo del mundo se inserta en una gota de rocío. El microscopio es incapaz de detectar un animálculo que, por pequeño, sea menos perfecto. La vista, el oído, el gusto, el olfato, el movimiento, la resistencia, el apetito y los órganos reproductores que se aferran a la eternidad encuentran espacio, todos ellos, para conformar la pequeña criatura. Y de igual modo ponemos nuestra vida en cada acto. La verdadera doctrina de la omnipresencia implica que la divinidad reaparece, con todas sus partes, en el musgo y en la telaraña. El valor del universo se las ingenia para arrojarse en todos los puntos. Si ahí está el bien, también está el mal; si se halla la afinidad, también la repulsión; si se encuentra la fuerza, también la limitación.

Así, el universo está vivo. Todas las cosas son morales. El alma, que en nuestro interior es un sentimiento, conforma una ley cuando está fuera de nosotros. Notamos su inspiración, pero en la historia podemos ver su fatídica fuerza. «Esto está en el mundo, y el mundo fue hecho por medio de esto». La justicia no se posterga. Una equidad perfecta ajusta su equilibrio en todas las partes de la vida. Ἀεὶ γὰρ εὖ πίπτουσιν οἱ Διὸς κύβοι: los dados de Dios siempre están cargados. El mundo parece una tabla de multiplicar o una ecuación matemática que, por muchas vueltas que se le dé, siempre se acaba equilibrando. Si tomamos cualquier cifra, la que queramos, su valor exacto, ni más ni menos, volverá a nosotros. Todos los secretos se cuentan, todos los delitos se penan, todas las virtudes se premian, todos los errores se corrigen, en silencio y con exactitud. Lo que llamamos castigo es la necesidad universal mediante la cual el todo aparece allí donde emerge una parte. Si veis humo, ha de haber fuego. Si veis una mano o una extremidad, sabéis que el tronco al que pertenece está ahí detrás.

Todos los actos se recompensan a sí mismos, o, en otras palabras, se integran a sí mismos, de una forma doble: en primer lugar, en la cosa, o naturaleza real; en segundo, en la circunstancia, o naturaleza aparente. Los hombres llaman castigo a la circunstancia. El castigo causal está en la cosa y se aprecia mediante el alma. El castigo en la circunstancia se distingue mediante el entendimiento; es inseparable de la cosa, pero a menudo se extiende a lo largo del tiempo y, por lo tanto, no se detecta hasta que han pasado muchos años. Los latigazos pueden tardar mucho en recibirse una vez cometido el delito, pero llegan, porque lo acompañan. El crimen y el castigo nacen de un mismo tallo. El castigo es un fruto que madura inadvertido dentro de la flor del placer que lo ocultaba. La causa y el efecto, los medios y los fines, la semilla y el fruto no pueden cercenarse, pues el efecto ya florece en la causa, el fin preexiste en los medios y el fruto en la semilla.

Y así, a pesar de que el mundo sigue completo y se niega a que lo dividan, nosotros buscamos actuar parcialmente, desgarrar, apropiar; por ejemplo, para satisfacer los sentidos, amputamos el placer de estos de las necesidades del carácter. El ingenio del hombre se ha dedicado desde tiempo inmemorial a la solución de un problema: cómo vincular el dulzor sensual, la fuerza sensual, el brillo sensual, etc., al dulzor moral, la profundidad moral, la justicia moral; es decir, de nuevo, cómo conseguir quitarle la capa superior de manera que, de tan fina, quede desprovista de fondo; cómo lograr un extremo sin que se nos eche encima el otro. El alma dice: «Aliméntate», y el cuerpo se da un atracón. El alma dice: «El hombre y la mujer han de ser una misma carne y una misma alma», y el cuerpo se junta solo con la carne. El alma dice: «Reina sobre todas las cosas para los fines de la virtud», y el cuerpo busca poder sobre las cosas para sus propios fines.

El alma pugna por vivir y ocuparse de todas las cosas. Ese sería en realidad el único hecho. Pero han de añadírsele todas las cosas: poder, placer, conocimiento, belleza... Un hombre aspira a ser alguien, a mirar por sí mismo, a trocar y regatear por un bien particular y, en lo concreto, a cabalgar lo que pueda cabalgar, a vestir lo que pueda vestir, a comer lo que pueda comer y a regir allí donde se lo pueda ver. Los hombres buscan la grandeza, ansían puestos importantes, riqueza, poder y fama. Creen que dicha grandeza consiste en poseer una parte de la naturaleza: lo dulce, sin lo otro, lo amargo.

Esta división y separación se contrarrestan constantemente. Hasta la fecha, hay que reconocer que ningún promotor ha tenido el más mínimo éxito. El agua que se divide se reúne debajo de nuestra mano. El placer se sustrae de las cosas placenteras, el beneficio se sustrae de las cosas beneficiosas, la fuerza se extrae de las cosas fuertes, todo ello en cuanto tratamos de separarlas del todo. No podemos partir las cosas por la mitad y quedarnos solo con lo bueno y sensual, en la misma medida en que no podemos quedarnos con un interior que no tiene exterior, ni con una luz sin una sombra. «Se puede expulsar a la Naturaleza con una horca, pero siempre vuelve».

La vida se adorna de situaciones inevitables que el insensato busca sortear, que se jacta de no conocer, de que no le afectan, pero esa jactancia está en sus labios, mientras que las situaciones están en su alma. Si las rehúye en una parte, lo atacarán en otra parte más vital. Si ha huido de ellas en forma y apariencia es porque se ha opuesto a su vida y ha escapado de sí mismo, y el castigo es la muerte. Tan notable es el fracaso de todo intento de hacer esta separación entre lo beneficioso y la carga que el experimento no ha de intentarse —pues intentarlo sería de locos—, pero cuando arraiga en la voluntad la enfermedad de la rebelión y la separación, el intelecto se contagia al instante, de forma que el hombre deja de ver a la divinidad en cada objeto, aun cuando es capaz de ver la fascinación sensual de un objeto y no el daño de su sensualidad, ve la cabeza de la sirena pero no la cola del dragón, y cree que puede separar lo que quiere quedarse de lo que no. «¡Qué secreto arte el tuyo, tú que moras en silencio en los cielos más elevados, oh, Dios inmenso y único, al rociar con infatigable providencia esta ceguera penal sobre quienes tienen deseos desenfrenados!».

El alma humana es fiel a estos hechos al pintar la fábula, la historia, la ley, los proverbios, las conversaciones. Encuentra de improviso una lengua en la literatura. Así, los griegos llamaban a Júpiter «mente suprema», pero, al atribuirle en la tradición muchas acciones vulgares, alteraron involuntariamente la razón atándole las manos a un dios tan brutal. Lo vuelven tan inútil como un rey de Inglaterra. Prometeo conoce un secreto por el que Jove debe negociar; Minerva, otro. El dios no puede llegar a sus propios truenos, pues Minerva tiene las llaves:

> *Solo yo, de entre todos los dioses, sé qué llaves abren las sólidas puertas de la morada donde duermen sus truenos.*

Una confesión pura y dura del funcionamiento interno del Todo y su objetivo moral. La mitología india impone la misma ética, y sería imposible inventar una fábula que no tuviera un trasfondo moral. Aurora olvidó pedir juventud para su amante y, aunque Titono es inmortal, envejece. Aquiles no es del todo invulnerable: las aguas sagradas no mojaron el talón por el que lo sujetaba Tetis. Sigfrido, en los Nibelungos, no es del todo inmortal, pues le cayó una hoja en la espalda mientras se estaba bañando en la sangre del dragón, y justo atacando ese punto se le puede quitar la vida. Y así ha de ser. Hay una grieta en todo aquello que Dios ha creado. Podría decirse que esta circunstancia vindicativa siempre se cuela sin avisar, incluso en esa poesía rebelde en la que la fantasía humana trataba de tomarse unas atrevidas vacaciones sacudiéndose las leyes antiguas: ese golpe hacia atrás, esa coz del arma que certifica que la ley es letal, que en la naturaleza no puede regalarse nada y todo se intercambia.

Es la antigua doctrina de Némesis, que vigila el universo y no permite que ninguna ofensa quede impune. Las Furias, decían, ayudan a impartir justicia y, si el sol se desviara de su curso habitual en el cielo, lo castigarían. Los poetas relataban que los muros de piedra, las espadas de hierro y las correas de cuero tenían una afinidad oculta con los errores cometidos por sus propietarios; que el cinturón que Áyax regaló a Héctor arrastró al héroe por el campo atado a las ruedas del carro de Aquiles, y que la espada que Héctor regaló a Áyax fue la misma bajo cuya punta cayó este. También contaban que, cuando los tasios erigieron una estatua a Teágenes, vencedor en los juegos, uno de sus rivales se acercó a ella de noche y trató de derribarla con repetidos golpes, hasta que terminó moviéndola de su pedestal y murió aplastado al caerle encima.

Esta voz de la fábula contiene algo divino. Procedía de un pensamiento situado por encima de la voluntad de su autor. La mejor parte de la obra de cada creador es aquella en la que no hay nada personal, aquella que este no conoce, aquella que ha brotado de su naturaleza y no de una capacidad de invención excesivamente activa, aquella que quizá no se encuentre con facilidad en el estudio de un solo artista, sino que haya que abstraer, como el espíritu de todos ellos, del estudio de muchos. Lo que yo conozco no es Fidias, sino la obra del hombre en ese mundo helénico temprano. El nombre y las circunstancias de Fidias, por muy adecuados que resulten para la historia, nos perturban cuando llegamos a la crítica más elevada. Hemos de ver lo que el ser humano tendía a hacer en un periodo concreto y lo que impedían o, si se prefiere, modificaban en el proceso, con su intervención, las voluntades de Fidias, de Dante, de Shakespeare, que son la herramienta con la que el ser humano trabajaba en cada momento.

Más sorprendente aún es la expresión de este hecho en los proverbios de todas las naciones, que son siempre la literatura de la razón, o las manifestaciones de una verdad absoluta y sin reservas. Los proverbios, igual que los libros sagrados de cada nación, son el santuario de las intuiciones. Aquello que un mundo entregado a la charla monótona y encadenado a las apariencias no permita al observador atento contar con sus propias palabras podrá expresarse con proverbios sin incurrir en contradicciones. Y esta ley de leyes, que niegan el púlpito, el Senado y la universidad, se predica a cada hora, en todos los mercados y talleres, mediante sentencias y refranes cuyas enseñanzas son tan ciertas y omnipresentes como las de las aves y las moscas.

Todas las cosas son dobles, una contra otra. Toma y daca, ojo por ojo, diente por diente, sangre por sangre, medida por medida, amor por amor. Dad y se os dará. El que riega será también regado. ¿Qué tenéis?, dice Dios; pagad y podréis llevároslo. Quien no arriesga no gana. Se os retribuirá justo por lo que hayáis hecho, ni más ni menos. Quien no trabaja no come. Quien a hierro mata a hierro muere. Las maldiciones siempre vuelven a quien impreca. Si le ponéis una cadena al cuello a un esclavo, el otro extremo se cerrará en torno al vuestro. El mal consejo hace errar a quien lo ofrece. El diablo es un asno.

Así está escrito porque así es en la vida. La ley de la naturaleza domina nuestra acción y la sitúa por encima de nuestra voluntad. Aspiramos a fines insignificantes, muy alejados del bien común, pero nuestro acto se alinea, merced a un magnetismo irresistible, con los polos del mundo.

Un hombre no puede hablar sin juzgarse a sí mismo. Por su propia voluntad o en contra de ella, va dibujando con cada palabra su retrato ante la mirada de sus acompañantes. Toda opinión reacciona sobre quien la profiere. Es un ovillo que se lanza hacia un punto y cuyo extremo se queda en la bolsa de quien lo ha lanzado. O, más bien, es un arpón dirigido a la ballena y que desenrolla, en su vuelo, una bobina de cuerda en el barco, y, si el arpón no es bueno o no se ha tirado bien, estará cerca de partir en dos al timonel o de hundir el navío.

No se puede hacer daño sin sufrir daño. «Ningún hombre ha tenido nunca un ápice de orgullo que no le causara perjuicio», dijo Burke. El excluyente en la vida cotidiana no ve que se excluye a sí mismo del disfrute, en el intento de apropiárselo. El excluyente en la religión no ve que está cerrándose las puertas del cielo, en su esfuerzo por cerrárselas a otros. Quien trata a los hombres como peones o bolos sufrirá igual que ellos. Si omitís su corazón, podríais perder el vuestro. Los sentidos convertirían en cosas a todas las personas: las mujeres, los niños, los pobres. El vulgar proverbio que dice: «Se lo quitaré del monedero o se lo arrancaré de la piel» es toda una filosofía.

Todas las infracciones de amor y equidad en nuestras relaciones sociales se castigan con presteza. Y lo hacen mediante el miedo. Mientras mantengo una relación sencilla con un semejante, no me desagrada reunirme con él. Nos juntamos como el agua se une con el agua, o como se mezclan dos corrientes de aire, con una difusión e interpenetración de naturaleza perfectas. Pero, en cuanto hay una desviación de la simplicidad y un intento de división, o algo bueno para mí que no es bueno para él, mi vecino percibe la quiebra, se aparta de mí tanto como yo me he apartado de él, sus ojos dejan de buscar los míos, hay una guerra entre nosotros, hay odio en él y miedo en mí.

Todos los viejos abusos de la sociedad, universales y particulares, todas las acumulaciones injustas de bienes y poder se vengan del mismo modo. El miedo es un maestro de gran sagacidad y heraldo de todas las revoluciones. Enseña una cosa: que hay podredumbre allí donde aparece. Es una corneja negra y, aunque no se vea bien aquello sobre lo que anda merodeando, tened por seguro que cerca hay muerte. Nuestras propiedades son tímidas, nuestras leyes son tímidas, nuestras clases cultas son tímidas. El miedo lleva siglos presagiando, arrasando y parloteando sobre el Gobierno y la propiedad. Ese pájaro obsceno no está ahí por nada. Indica graves errores que han de corregirse.

De similar naturaleza es esa expectativa de cambio que sucede instantáneamente a la suspensión de nuestra actividad voluntaria. El terror del mediodía sin nubes, la esmeralda de Polícrates, el pasmo ante la bonanza, el instinto que lleva a toda alma generosa a imponerse tareas de noble ascetismo y virtud indirecta son los temblores del equilibrio de la justicia a través del corazón y la mente del hombre.

Los hombres de mundo y con experiencia saben muy bien que es mejor abonar lo que se debe sobre la marcha y que un hombre suele pagar cara una pequeña frugalidad. Quien pide prestado incurre en su propia deuda. ¿Ha ganado algo el hombre que ha recibido cien favores y no ha devuelto ninguno? ¿Ha ganado al tomar prestados, mediante indolencia o astucia, las mercancías, los caballos o el dinero de su vecino? Con el trato surge el reconocimiento instantáneo del beneficio para una parte y la deuda para la otra; es decir, de superioridad e inferioridad. La transacción queda grabada en su propia memoria y en la de su vecino, y todo nuevo intercambio modifica, según su naturaleza, la relación que ambos mantienen. Quizá no tarde en ver que más le habría valido romperse los huesos que haber viajado en el coche de su vecino, y que «el precio más alto que puede pagar por algo es pedirlo».

Un hombre sabio aplicará esa enseñanza a todos los aspectos de su vida y sabrá que forma parte de la prudencia hacer frente a los demandantes y pagar todas las exigencias justas que se planteen sobre su tiempo, sus talentos o su corazón. Pagad siempre, pues antes o después habréis de pagar la deuda entera. Puede que, durante un tiempo, haya personas y acontecimientos que se interpongan entre vosotros y la justicia, pero se trata solo de un aplazamiento. Al final tendréis que pagar vuestra deuda. Si sois sensatos, temeréis una prosperidad que no haga más que aumentarla. El beneficio es el fin de la naturaleza. Pero, por cada beneficio que se recibe, se genera un impuesto. Grande es quien concede el máximo de beneficios. Es ruin —y es lo único ruin del universo— quien recibe favores y no devuelve ninguno. En el orden de la naturaleza, no podemos darles beneficios a aquellos de quienes los recibimos, o solo raras veces. Pero el beneficio que recibimos debe otorgarse de nuevo, línea por línea, acto por acto, céntimo por céntimo, a alguien. Cuidaos de guardaros demasiado en la mano. Pronto se corromperá y aparecerán los gusanos. Pagadlo enseguida de algún modo.

El trabajo se controla con las mismas leyes implacables. El más barato, dice el prudente, es el trabajo más caro. Lo que compramos en una escoba, una estera, una carreta o un cuchillo es alguna aplicación de buen juicio a un deseo común. Lo mejor es pagar, en vuestras tierras, a un jardinero habilidoso, o comprar buen juicio aplicado a la jardinería; en vuestro marinero, buen juicio aplicado a la navegación; en la casa, buen juicio aplicado a la cocina, la costura, el servicio; en vuestro contable, buen juicio aplicado a cuentas y negocios. Así multiplicáis vuestra presencia u os expandís por toda vuestra hacienda. Pero, dado el carácter siempre doble de las cosas, ni en el trabajo ni en la vida puede haber engaños. El ladrón se roba a sí mismo. El timador se tima a sí mismo. Y es que el verdadero rédito del trabajo son el conocimiento y la virtud, de los que son señales la riqueza y la reputación. Estas señales, como el papel moneda, pueden falsificarse o robarse, pero aquello que representan, a saber, el conocimiento y la virtud, no pueden falsearse ni hurtarse. Estos fines del trabajo no se obtienen sino mediante auténticos esfuerzos de la mente, y obedeciendo a motivos puros. El fullero, el moroso, el jugador no conseguirán por la fuerza el conocimiento de la naturaleza material y moral que al obrero le rinden su preocupación y dolores sinceros. La ley de la naturaleza es: «Hacedlo y tendréis el poder, pero quienes no lo hagan no tendrán poder alguno».

El trabajo humano, en todas sus formas, desde afilar estacas hasta construir una ciudad o una epopeya, es una ilustración inmensa de la perfecta compensación del universo. El equilibrio absoluto de Dar y Tomar, la doctrina de que todas las cosas tienen un precio —y de que, si ese precio no se paga, no se obtiene esa cosa, sino otra distinta, y de que es imposible conseguir algo si no se abona su precio—, no es menos sublime en las columnas de un libro de contabilidad que en los presupuestos de los Estados, en las leyes de la luz y la oscuridad, en toda acción y reacción de la naturaleza. No puedo dudar de que las elevadas leyes que cada hombre ve implicadas en esos procesos en los que está versado, la rígida moral que centellea en su cincel, que se mide con su plomada y su regla, que está igual de patente en las cuentas del tendero y en la historia de un país, le aconsejan en su oficio, y de que, aunque rara vez se nombran, ensalzan su negocio en su imaginación.

La alianza entre virtud y naturaleza obliga a todas las cosas a adoptar una actitud hostil frente al vicio. Las leyes y sustancias más bellas del mundo persiguen y azotan al traidor. Este encuentra que las cosas están dispuestas en pos de la verdad y el beneficio, y que en todo el ancho mundo no hay guarida en la que pueda esconderse un canalla. Si cometéis un delito, los muros se volverán de cristal. Si consumáis un crimen, parecerá que ha caído un manto de nieve como el que revela en el bosque el rastro de perdices, zorros, ardillas y topos. No podréis retirar la palabra pronunciada, no podréis borrar las pisadas, no podréis subir la escalera para no dejar pistas. Al final siempre se revela alguna circunstancia condenatoria. Las leyes y sustancias de la naturaleza —agua, nieve, viento, gravedad— se convierten en castigos para el ladrón.

Por otro lado, la ley resiste con igual firmeza para todas las acciones correctas. Amad y seréis amados. Todo el amor es matemáticamente justo, igual que las dos partes de una ecuación algebraica. El hombre bueno ostenta un bien absoluto, que, como fuego, devuelve cada cosa a su propia naturaleza, de manera que no se le puede hacer daño alguno; pero, igual que los ejércitos reales enviados contra Napoleón, al acercarse este, bajaban sus estandartes y de enemigos pasaban a ser aliados, los desastres de todo tipo, como la enfermedad, la afrenta y la pobreza, al final resultan bienhechores:

Los vientos y las aguas traen
fuerza al valiente, y poder y deidad,
aunque en sí mismos no sean nada.

Los buenos reciben el favor incluso de la debilidad y el defecto. Igual que ningún hombre ha tenido nunca un ápice de orgullo que no le causara perjuicio, tampoco ningún hombre ha tenido nunca un defecto que en algún aspecto no le resultara útil. El ciervo de la fábula admiraba sus cuernos y maldecía sus pezuñas, pero, cuando llegó el cazador, estas lo salvaron y, luego, atrapado en la espesura, sus cuernos fueron su perdición. Todo hombre tiene la necesidad, a lo largo de su vida, de dar las gracias por sus defectos. Igual que no hay hombre que entienda al detalle una verdad hasta haberse enfrentado a ella, tampoco hay hombre que conozca con precisión los impedimentos o talentos de los demás hasta haber sufrido por el uno y visto el triunfo del otro sobre su propio deseo de lo mismo. ¿Tiene un defecto de carácter que lo incapacita para vivir en sociedad? Esa circunstancia lo lleva a entretenerse solo y a adquirir el hábito de ayudarse a sí mismo, y, de este modo, igual que la ostra dañada, repara su concha con perla.

Nuestra fuerza crece de nuestra debilidad. La indignación que se alza a través de fuerzas secretas no despierta hasta que nos zahieren, nos lastiman, nos atacan en grado sumo. Un gran hombre siempre está deseoso de ser pequeño. Mientras permanece sentado sobre el almohadón de las ventajas, duerme. Cuando se lo presiona, fastidia o vence, tiene la oportunidad de aprender algo; ha visto estimulados su ingenio y su buen juicio; ha obtenido información; toma conciencia de su ignorancia; se cura de la necedad del engreimiento; ha ganado moderación y una habilidad real. El hombre sabio se arroja al lado de quienes lo agreden. Le interesa más a él que a ellos averiguar cuál es su punto débil. La herida cicatriza y se desprende de él como una piel muerta, y, cuando ellos triunfarían, hete aquí que él se ha vuelto invulnerable. La culpa es más segura que el elogio. Yo odio que me defiendan en un periódico. Mientras todo lo que se diga sea en mi contra, sentiré una cierta garantía de éxito. Pero en cuanto alguien me dedica dulces palabras lisonjeras, me siento como quien se halla indefenso ante sus enemigos. En general, todo aquel mal al que no sucumbimos nos es beneficioso. Igual que el nativo de las islas Sandwich cree que la fuerza y el valor del enemigo al que mata pasan a él, todos ganamos la fuerza de la tentación que logramos resistir.

Las mismas medidas que nos protegen de catástrofes, defectos y odios nos defienden, si queremos, del egoísmo y el engaño. Los cerrojos y los barrotes no son nuestra mejor institución, como tampoco la astucia es señal de sabiduría en los negocios. Los hombres sufren toda su vida bajo la ingenua superstición de que los pueden engañar. Pero tan imposible es que a un hombre lo engañe alguien que no sea él mismo como que una cosa sea y no sea a la vez. En todos nuestros tratos hay una tercera parte que está siempre en silencio. La naturaleza y el alma de las cosas asume sobre sí la garantía de llevar todo contrato a buen término, de tal forma que es imposible que un servicio honrado produzca una pérdida. Si vuestro patrón es ingrato, servidle aún más. Incluid a la deidad en vuestra deuda. Todo golpe será reembolsado. Cuanto más tiempo se atrase un pago, mejor para vosotros, pues el interés compuesto es el que marca la tasa y el uso de este fisco.

Toda persecución es una historia de empeños por engañar a la naturaleza, por hacer que el agua fluya pendiente arriba, por retorcer una cuerda de arena. No supone diferencia alguna que los actores sean muchos o uno, un tirano o una turba. Esta última es una sociedad de cuerpos que se despojan voluntariamente de la razón y se oponen a su obra. Es la humanidad que desciende voluntariamente a la naturaleza de la bestia. Su mejor hora de actividad es la noche. Sus actos son descabellados, como toda su constitución. Persigue un principio; azotaría al derecho y embrearía a la justicia infligiendo fuego y atrocidades sobre las casas y las personas que las poseen. Recuerda al juego de unos chiquillos enfrascados en apagar la aurora, que, sonrosada como si estuviera en llamas, se derrama hacia las estrellas. El espíritu inmaculado vuelve el rencor de esa turba contra los malhechores. El mártir no puede sufrir deshonra. Todo latigazo infligido es una lengua de fama; toda prisión, una morada aún más distinguida; todo libro o casa que arde ilumina el mundo; toda palabra que se reprime o elimina reverbera de un lado a otro de la tierra. Cuando se ve la verdad y se comprende a los mártires, siempre llegan horas de cordura y consideración para las comunidades y los individuos.

De este modo expresan todas las cosas la indiferencia con respecto de las circunstancias. El hombre es un ente completo. Todas las cosas tienen dos partes, una buena y otra mala. Todas las ventajas tienen su tributo. Aprendo a estar conforme. Pero la doctrina de la compensación no es la doctrina de la indiferencia. Los inconscientes dicen, al oír estas reflexiones: «¿Qué sentido tiene hacer el bien? El bien y el mal tienen un resultado; si obtengo un bien, tendré que pagar por él; si pierdo un bien, ganaré algún otro; todas las acciones son indiferentes».

Existe en el alma una realidad más profunda que la compensación, a saber: su propia naturaleza. El alma no es una compensación, sino una vida. El alma es. Bajo todo este mar agitado de las circunstancias, cuyas aguas fluyen y refluyen en un equilibrio perfecto, yace el abismo aborigen del auténtico Ser. La esencia, o lo divino, no es una relación ni una parte, sino el todo. Ser es la afirmación inmensa en la que la negación está excluida, que se equilibra a sí misma y engulle todas las relaciones, partes y momentos que hay en su interior. La naturaleza, la verdad y la virtud son el influjo que surge de ello; el vicio, su ausencia o su marcha. La Nada, la Falsedad, puede erigirse, de hecho, como la gran Noche o sombra ante la que, cual telón de fondo, el universo vivo se pinta luego a sí mismo, pero de ella no nace hecho alguno; no puede obrar, pues no es. No puede otorgar ningún bien; no puede traer ningún perjuicio. Es perjuicio solo en la medida en que es peor no ser que ser.

Nos sentimos defraudados por el castigo que reciben los actos malvados, porque el criminal se mantiene en el delito y la contumacia, y no llega a crisis ni juicio en ningún lugar de la naturaleza visible. No hay grandiosas refutaciones de sus disparates ante hombres ni ante ángeles. ¿Ha sido, por lo tanto, más listo que la ley? En la medida en la que lleva consigo la maldad y la mentira, fallece en lo que respecta a la naturaleza. De algún modo habrá también una demostración del mal para el entendimiento, pero, aunque no la veamos, esta sustracción mortal consigue que las cuentas eternas cuadren.

Tampoco puede decirse, por otro lado, que la rectitud deba comprarse por medio de una pérdida. No hay sanciones para la virtud, como no hay sanciones para la sabiduría: son incorporaciones adecuadas al ser. En una acción virtuosa, soy, y soy propiamente; en un acto virtuoso, contribuyo al mundo, siembro en desiertos conquistados al Caos y la Nada y veo como se retrae la oscuridad en los límites del horizonte. No puede haber exceso de amor, conocimiento ni belleza cuando estos atributos se consideran en el sentido más puro. El alma se resiste a los límites y siempre afirma un Optimismo, jamás un Pesimismo.

La vida del hombre es un avance y no una posición. Su instinto es la confianza. Nuestro instinto utiliza «más» y «menos», en referencia al hombre; la presencia del alma, y no su ausencia. El hombre valiente es más grande que el cobarde; el sincero, el benevolente, el sabio es más hombre, y no menos, que el loco y el truhan. No hay impuestos sobre el bien de la virtud, pues este es el ingreso del propio Dios, o la existencia absoluta, sin comparación alguna. El bien material tiene su tributo y, si ha llegado sin valía ni sudor, no podrá arraigar en mí, y el próximo viento que llegue se lo llevará. Pero todo el bien de la naturaleza es el del alma, y puede obtenerse si se paga con la moneda legítima de la naturaleza, es decir, el esfuerzo que avalan el corazón y la cabeza. Ya no deseo cruzarme con ningún bien que no merezca; por ejemplo, encontrar un montón de oro enterrado, pues sé que este trae con él nuevas cargas. No deseo más bienes externos: ni posesiones, ni honores, ni poderes, ni personas. La ganancia es aparente; el impuesto es seguro. Pero no hay gravamen alguno en el conocimiento de que la compensación existe y de que no es deseable cavar en busca de tesoros. En esto me regocijo con una paz serena y eterna. Reduzco los límites de un posible mal. Aprendo la enseñanza de San Bernardo: «Nada puede hacerme daño excepto yo mismo; el mal que me agobia lo llevo conmigo y jamás sufro realmente sino por mi culpa».

En la naturaleza del alma está la compensación por las desigualdades de toda condición. La tragedia radical de la naturaleza parece ser la distinción entre «más» y «menos». ¿Cómo es que Menos no siente el dolor?, ¿cómo no siente indignación o malevolencia hacia Más? Ante quienes tienen menos habilidades, nos sentimos tristes y no sabemos bien qué hacer. Casi les rehuimos la mirada; tememos que reprendan a Dios. ¿Qué habrían de hacer? Parece una injusticia enorme. Pero, al mirar de cerca la realidad, estas descomunales desigualdades desaparecen. El amor las reduce igual que el sol derrite el iceberg en el mar. Al ser uno el corazón y el alma de todos los hombres, esta amargura de lo Suyo y lo Mío se desvanece. Lo suyo es mío. Yo soy mi hermano y mi hermano es yo. Aunque me sienta eclipsado y superado por unos grandiosos vecinos, soy capaz de amar; soy capaz de recibir; y quien ama hace suya la grandeza que ama. De ese modo descubro que mi hermano es mi guardián, al prodigarme los designios más amistosos, y la hacienda que tanto admiré y envidié es ahora mía. Está en la naturaleza del alma ligarse a todas las cosas. Jesús y Shakespeare son fragmentos del alma y, por amor, los incorporo en mi propio ámbito consciente. Su virtud ¿acaso no es mía? Su ingenio, si no puedo hacerlo mío, no es ingenio.

Así discurre también la historia natural de la calamidad. Los cambios que interrumpen a intervalos breves la prosperidad de los hombres son anuncios de una naturaleza cuya ley es el crecimiento. Por esta necesidad intrínseca, todas las almas van abandonando su sistema, sus amigos, su casa, sus leyes y su fe, igual que el molusco sale reptando de su carcasa, bella pero pétrea, porque ya no da cabida a su crecimiento, y va creándose poco a poco un nuevo hogar. En proporción con el vigor del individuo, estas revoluciones son frecuentes, hasta que, en alguna mente más feliz, se hacen incesantes y todas las relaciones mundanas cuelgan, muy holgadas, a su alrededor, y se transforma como si fuera una membrana fluida y transparente a través de la cual se ve la forma viva, y no, como en la mayoría de los hombres, un tejido heterogéneo y endurecido de muchas fechas y ningún carácter fijo, en el que el hombre está prisionero. Solo entonces puede haber crecimiento, y el hombre de hoy apenas reconoce al de ayer. Y tal debería ser la biografía externa del hombre en el tiempo: un deshacerse de las circunstancias muertas día tras día, igual que renueva su atuendo de un día para otro. Pero a nosotros, en nuestro estado detenido, sin avance, enquistado, sin cooperar con la expansión divina, este crecimiento nos llega a golpes.

No podemos desprendernos de nuestros amigos. No podemos dejar marchar a nuestros ángeles. No vemos que solo se van para que los arcángeles puedan llegar. Somos idólatras de lo viejo. No creemos en las riquezas del alma, en su eternidad y omnipresencia justas. No confiamos en que haya ninguna fuerza hoy capaz de competir contra ese precioso ayer, ni de recrearlo. Nos quedamos en las ruinas de aquel viejo habitáculo en el que antes encontramos pan, cobijo y órganos, y no pensamos que el espíritu pueda nutrirnos, albergarnos y estimularnos de nuevo. No hallamos ya nada más que sea igual de preciado, dulce ni grácil. Nos sentamos y lloramos en vano. La voz del Todopoderoso dijo: «¡Arriba y adelante por siempre!». No podemos quedarnos entre las ruinas. Tampoco confiamos en lo nuevo y, de este modo, caminamos siempre con los ojos vueltos, como esos monstruos que miran hacia atrás.

Y, aun así, las compensaciones de la calamidad le quedan patentes también al entendimiento, al cabo de largos intervalos de tiempo. Una fiebre, una mutilación, una cruel decepción, una pérdida de riqueza o de amigos parecen, en el momento, una merma impagada e impagable. Pero los años, firmes, revelan la profunda fuerza reparadora que subyace a todos los hechos. La muerte de un amigo querido, una esposa, un hermano, un amante, que solo podía verse como privación, asume más tarde, de algún modo, el aspecto de un guía o un espíritu tutelar, pues suele inducir revoluciones en nuestra forma de vida, pone fin a una época de infancia o juventud que estaba a la espera de cerrarse, interrumpe una ocupación habitual, o un entorno familiar, o un hábito, y permite la formación de otros nuevos, más apropiados para la evolución del carácter. Permite o restringe la formación de nuevos vínculos y la recepción de nuevas influencias que resultan ser de capital importancia para los siguientes años; y el hombre o mujer que se habría quedado en soleada flor de jardín, sin espacio para las raíces y demasiado sol en la cabeza, se convierte, gracias a la caída de los muros y el descuido del jardinero, en el baniano del bosque, que da sombra y fruto a una comunidad entera.

LAS LEYES ESPIRITUALES

Honren tus oraciones al Cielo vivo,
casa y a un tiempo arquitecto,
que excava las horas rechazadas por el hombre
y construye con ellas eternas torres;
obra en soledad y sin más mandato que el suyo,
no teme el desgaste de los días,
crece con la decadencia
y, mediante ese célebre poder que acecha
en reacciones y retrocesos,
congela la llama y hace bullir el hielo,
forjando, con las armas oscuras de la Afrenta,
el asiento de plata de la Inocencia.

Cuando en la mente se produce el acto de la reflexión, cuando nos observamos a la luz del pensamiento, descubrimos que nuestra vida se halla cobijada en la belleza. Tras nosotros, conforme avanzamos, todas las cosas adquieren formas agradables, como hacen las nubes en la lejanía. No solo las cosas conocidas y marchitas, sino incluso las trágicas y terribles resultan bellas cuando ocupan su lugar en los cuadros de la memoria. La ribera, la maleza junto a la orilla, la vieja casa, la persona necia, por muy descuidadas que estuvieran en el tránsito, adquieren una gracia en el pasado. Hasta el cadáver que yace en los aposentos suma un adorno solemne para la casa. El alma no conocerá deformidad ni dolor. Si en las horas de lucidez debiéramos expresar la verdad más cruda, habríamos de decir que jamás hemos hecho un sacrificio. En esas horas, la mente se antoja tan grande que no se nos puede arrebatar nada que nos parezca gran cosa. Toda pérdida, todo dolor es particular; el universo sigue ileso para el corazón. No hay vejaciones ni calamidades que amainen nuestra confianza. Ningún hombre ha expresado jamás sus aflicciones con tanta ligereza como podría. Ha de permitirse la exageración en el jaco más paciente y cabalgado que se haya arreado nunca. Pues solo lo finito ha trabajado y sufrido; lo infinito yace recostado en sonriente sosiego.

La vida intelectual puede mantenerse clara y saludable si el hombre lleva una vida natural y no deja entrar en su mente dificultades que no le atañan. Ningún hombre debería verse desconcertado con sus especulaciones. Que haga y diga lo que estrictamente le corresponda y, por muy ignorante de los libros que sea, su naturaleza no le rendirá ninguna obstrucción o duda. Nuestros jóvenes enferman a cuenta de los problemas teológicos del pecado original, el origen del mal, la predestinación y asuntos similares que, en realidad, jamás han supuesto dificultad práctica alguna para ningún hombre; jamás han ensombrecido el camino de alguien que no se apartara de su vía para buscarlos. Son las paperas, el sarampión y la tos ferina del alma, y quienes no se han contagiado de ellos no pueden describir su salud ni prescribir la cura. Una mente simple no conocerá estos enemigos. Otra cosa bien distinta es que sea capaz de relatar su fe y exponerle a otro la teoría de su unión consigo mismo y su libertad. Para ello se precisan raras dotes. Y, sin embargo, incluso sin este conocimiento de sí puede haber una fuerza e integridad salvaje en aquello que alguien es. «Unos cuantos instintos fuertes y unas cuantas reglas sencillas» nos bastan.

Mi voluntad jamás les dio a mis imágenes mentales el rango que ocupan ahora. El curso normal de mis estudios, los años de formación académica y profesional, no me han aportado mejores datos que ciertos libros improductivos leídos por debajo del banco en la escuela de latinidad. Lo que no consideramos formación es mucho más valioso que aquello a lo que sí damos ese nombre. No nos hacemos suposiciones, en el momento de recibir una idea, acerca de su valor comparativo. Y por desgracia la formación suele malgastar esfuerzos en intentar frustrar y rechazar este magnetismo natural que está abocado a seleccionar lo que de verdad le corresponde.

De igual manera, nuestra naturaleza moral está viciada por cualquier interferencia de nuestra voluntad. La gente se representa la virtud como una batalla y se da muchos aires por sus logros, y, siempre que se ensalza una naturaleza noble, surge la controvertida cuestión de si no es mejor el hombre que lucha contra la tentación. Pero en ese asunto no hay mérito alguno. Dios está ahí o no está ahí. Nos apasionan los caracteres en función de lo impulsivos y espontáneos que sean. Cuanto menos piense o sepa un hombre acerca de sus virtudes, más nos complace. Las victorias de Timoleón son las mejores, pues discurrían y fluían como versos de Homero, decía Plutarco. Cuando vemos un alma cuyos actos son regios, gráciles y placenteros como las rosas, debemos dar gracias a la divinidad por que tales cosas puedan existir y existan, y no volvernos desagradablemente contra el ángel y decir: «Crump es un hombre mejor, con esa resistencia suya, a regañadientes, frente a todos sus demonios interiores».

No menos notoria es la preponderancia de la naturaleza sobre la voluntad en toda la vida práctica. Hay menos intención en la historia de la que le adjudicamos. Atribuimos planes secretos y visionarios a César y Napoleón, pero lo mejor de su poder estaba en la naturaleza, no en ellos. Hombres de un éxito extraordinario, en momentos de sinceridad, han cantado siempre «No es para nosotros la Gloria, Señor, no es para nosotros». De acuerdo con la fe de su época, erigieron altares a la Fortuna, o al Destino, o a san Julián. Su éxito radicó en su paralelismo con el discurrir del pensamiento, que encontró en ellos un canal sin obstáculos, y las proezas de las que fueron conductores visibles parecieron, a simple vista, acciones suyas. ¿Los cables generaron el galvanismo? Es cierto incluso que había en ellos menos sobre lo que reflexionar que en otro, igual que la virtud de una pipa es ser suave y hueca. Aquello que externamente parecía voluntad y firmeza era disponibilidad y anulación de uno mismo. ¿Podría Shakespeare ofrecer una teoría sobre Shakespeare? ¿Podría un hombre de prodigioso genio matemático transmitir a otros algún entendimiento de sus métodos propios? Si pudiera comunicar ese secreto, este perdería al instante su magnífico valor, mezclando con la luz del día y la energía vital la capacidad para alzarse y seguir adelante.

Estas observaciones acarrean por fuerza la enseñanza de que nuestra vida podría ser mucho más fácil y simple de lo que la hacemos; de que el mundo podría ser un lugar más feliz de lo que es; de que no hay necesidad de luchas, convulsiones y desesperación, de retorcerse las manos ni de rechinar los dientes; de que somos nosotros quienes creamos equivocadamente nuestros propios males. Interferimos con el optimismo de la naturaleza, pues, siempre que ocupamos este lugar de observación del pasado, o de una mente más sagaz en el presente, somos capaces de discernir que estamos ceñidos por leyes que se ejecutan a sí mismas.

El rostro de la naturaleza externa nos ofrece la misma lección. La naturaleza no nos quiere desesperados. No aprecia nuestra benevolencia ni nuestro aprendizaje mucho más que nuestros engaños y nuestras guerras. Cuando salimos de la reunión electoral, o del banco, o de la convención sobre la abolición de la esclavitud, o de la reunión del grupo de abstinencia de alcohol, o del club Trascendental, y nos adentramos en los campos y bosques, nos dice: «¿Y bien? ¿Qué acontece, señores?».

Operamos incontables acciones mecánicas. Interferimos y ponemos cosas en nuestro camino, hasta que los sacrificios y las virtudes de la sociedad se hacen insufribles. El amor debería causar felicidad, pero nuestra benevolencia es infeliz. Nuestras catequesis, iglesias y organizaciones benéficas son yugos que llevamos bien apretados. Nos infligimos dolor para no complacer a nadie. ¿Por qué toda virtud habría de funcionar de una sola y única forma? ¿Por qué todas habrían de dar dólares? A las gentes del campo nos resulta muy poco práctico y no creemos que de ello vaya a salir nada bueno. Nosotros no tenemos dólares, quienes los tienen son los comerciantes; que sean ellos quienes los den. Los granjeros darán maíz, los poetas cantarán, las mujeres coserán, los jornaleros echarán una mano, los niños traerán flores. Y ¿por qué arrastrar ese peso muerto de la catequesis por toda la cristiandad? Es natural y bello que la infancia pregunte y la madurez enseñe, pero ya es hora de responder las preguntas cuando estas se formulen. No silenciemos a los jóvenes contra su voluntad en el banco de la iglesia ni obliguemos a los niños a hacerles preguntas durante una hora contra su voluntad.

Si conseguimos tener una visión más amplia, vemos que ocurre lo mismo con todas las cosas; las leyes, las letras, los credos y los modos de vivir se muestran como una parodia de la verdad. Nuestra sociedad carga con una agotadora maquinaria, que se asemeja a los acueductos infinitos que construyeron los romanos sobre montes y valles y que quedaron superados al descubrir la ley según la cual el agua sube hasta el nivel de su fuente. Es una muralla china que cualquier tártaro ágil puede atravesar de un salto. Es un ejército permanente, que no es tan bueno como una paz. Es un imperio con graduaciones, títulos y espléndidas designaciones que resulta superfluo cuando se constata que los concejos municipales pueden responder igual de bien.

Extraigamos esta lección de la naturaleza: siempre funciona a pasos cortos. Cuando la fruta está madura, cae. Cuando la fruta se despacha, es la hoja la que cae. El circuito del agua es una mera caída. La andadura del hombre y de todos los animales es una caída hacia delante. Todo nuestro trabajo manual y las labores que implican fuerza, como hacer palanca, partir, cavar, arar, etc., se llevan a cabo a base de una caída constante, y el orbe, la Tierra, la Luna, el cometa, el Sol, la estrella caen incesantemente.

La simplicidad del universo es muy distinta de la simplicidad de una máquina. Quien ve en su totalidad la moral natural y cree conocer en profundidad cómo se adquiere el conocimiento y cómo se forma el carácter es un pedante. La simplicidad de la naturaleza no es tal que pueda leerse fácilmente, sino que es inagotable. De ninguna manera puede hacerse un análisis definitivo. Juzgamos la sabiduría de un hombre por su esperanza, sabiendo que la percepción de la inagotabilidad de la naturaleza es una forma de juventud inmortal. Percibimos la salvaje fertilidad de la naturaleza comparando nuestros rígidos nombres y prestigios con nuestra fluida conciencia. Pasamos en el mundo por sectas y escuelas, por erudición y devoción, y en ningún momento dejamos de ser chiquillos inmaduros. Se entiende así bien cómo creció el pirronismo. Todos los hombres ven que son ese punto medio del que puede afirmarse y negarse cualquier cosa con igual razón.

Es viejo, es joven, es muy sabio, es totalmente ignorante. Oye y siente lo que se le dice del serafín y del chatarrero. No existe ningún hombre que sea siempre sabio, salvo en la fantasía de los estoicos. Apoyamos al héroe, cuando leemos o pintamos, frente al cobarde y al ladrón, pero nosotros mismos hemos sido ese cobarde y ese ladrón, y volveremos a serlo; no en el sentido rastrero, sino en comparación con las grandezas que le son posibles al alma.

Una cierta consideración hacia lo que ocurre a diario en nuestro entorno nos mostraría que una ley superior a la de nuestra voluntad rige los acontecimientos; que nuestros penosos empeños son innecesarios e infructuosos; que solo somos fuertes en la acción clara, simple y espontánea, y que, si nos conformamos con la obediencia, nos volvemos divinos. La fe y el amor: un amor creyente nos aliviará de una pesada carga de atención. Ah, hermanos míos, la divinidad existe. Hay un alma en el centro de la naturaleza y sobre la voluntad de todos los hombres, de forma que ninguno de nosotros pueda ser injusto con el universo. Hasta tal punto ha infundido su firme encantamiento en la naturaleza que prosperamos cuando aceptamos su consejo, y, cuando nos esforzamos en lastimar a sus criaturas, las manos se nos quedan pegadas a los costados o nos golpean en el pecho. Todo el curso de las cosas acontece para ilustrarnos en la fe. Solo tenemos que obedecer. Hay guía para cada uno de nosotros, y, si escuchamos con humildad, oiremos la palabra precisa. ¿Por qué habéis de elegir de manera tan dolorosa vuestro lugar y ocupación, a vuestros compañeros y vuestras formas de comportaros y de divertiros? Verdaderamente, existe para vosotros un posible derecho que descarta la necesidad de equilibrio y de elección voluntaria. Para vosotros existe una realidad, un lugar adecuado y obligaciones llevaderas. Colocaos en mitad del torrente de poder y sabiduría que anima a todo aquello que este hace flotar, y os veréis conducidos sin esfuerzo hacia la verdad, hacia lo justo y hacia un absoluto contento. Y entonces os daréis cuenta de que todos los que tratan de avanzar a contracorriente están equivocados. Y seréis el mundo, la medida de lo justo, de la verdad, de la belleza. Si no nos dedicáramos a estropearlo todo con nuestras patéticas interferencias, el trabajo, la sociedad, las letras, las artes, la ciencia y la religión de los hombres irían muchísimo mejor que ahora, y el cielo predicho desde el comienzo del mundo, y augurado desde el fondo del corazón, se materializaría al fin, igual que se aparecen ahora la rosa, el aire y el sol.

Digo: «No elijáis», pero esta es una figura retórica mediante la cual me refiero a lo que comúnmente se denomina «elección» entre los hombres, que es una acción parcial: la elección que hacen las manos, los ojos, los apetitos, y no una acción completa del ser humano. Pero aquello que puedo denominar «justo» o «bueno» es la elección de mi constitución; y aquello que llamo «cielo», y a lo que aspiro en mi interior, es el estado de las circunstancias deseable para mi constitución; y la acción que tiendo a cumplir a lo largo de todos mis años es la obra de mis facultades. Debemos defender que un hombre esté dispuesto a razonar sobre la elección que hace con respecto a su trabajo cotidiano o su profesión. Ya no es excusa para sus actos que estos sean la costumbre de su oficio. ¿Por qué ha de atañerle un oficio nocivo? ¿Acaso no hay vocación en su carácter?

Todo hombre tiene su propia vocación. El talento es la llamada. Hay una dirección en la que todo el espacio se abre ante él. Tiene facultades que lo invitan en silencio a ir hacia allá, con un esfuerzo incesante. Es como un barco en un río, discurre contra obstáculos que tiene por todos los lados salvo uno: en ese, todos los obstáculos se han retirado y él se desliza serenamente sobre un canal cada vez más profundo, hacia un mar infinito. Este talento y esta llamada dependen de su constitución, o del modo en que el alma universal se encarna en él. Se inclina a hacer algo que es fácil para él y bueno cuando se hace, pero que ningún otro hombre puede hacer. No tiene rival. Pues, cuanta más sinceridad aplique al consultar sus propias capacidades, más diferencia ostentará su trabajo con respecto al de cualquier otro. Su ambición guarda una proporción exacta con sus capacidades. La altura de la cúspide viene determinada por la anchura de la base. Todos los hombres tienen esta llamada de una capacidad para hacer algo único, y ningún hombre tiene ninguna otra. La pretensión de que existe otra llamada, una citación por nombre, elección personal y signos externos que han hecho de él un hombre extraordinario, fuera de la lista de los seres comunes, es fanatismo, y revela torpeza a la hora de percibir que hay una mente en todos los individuos, además de ningún respeto por las personas que habitan en ella.

Al desempeñar su trabajo, evidencia la necesidad que él puede satisfacer y crea el gusto a través del cual los demás lo disfrutan. Al desempeñar su propio trabajo, se desarrolla poco a poco. El vicio de nuestro público es la falta de espontaneidad. En algún lugar, no solo todo orador, sino todo hombre, debe soltar por completo las riendas; debe buscar o hacer expresión franca y cordial de la fuerza y el significado que haya en él. Lo habitual es que el hombre se adapte todo lo bien que pueda a los detalles cotidianos de ese trabajo u oficio que le ha tocado, y que lo atienda igual que esos perros que se encargan de girar el asador[2]. Así, al pasar a formar parte de la máquina que él mismo mueve, el hombre se pierde. Hasta que consiga comunicarse con los demás en toda su estatura y proporción, no habrá encontrado su vocación. Ha de hallar en ella una válvula de escape para su temperamento, de manera que pueda justificar su trabajo ante los ojos de aquellos. Si su labor es mezquina, él, con pensamiento y carácter, la volverá generosa. Todo aquello que conozca y piense, todo aquello que, según su comprensión, merezca la pena hacer, debe comunicarlo, o los hombres nunca lo conocerán ni honrarán adecuadamente. Es una insensatez asumir la mezquindad y las convenciones de lo que hagáis en lugar de

[2] Se refiere aquí Emerson a la raza canina conocida como turnspit, creada artificialmente en Inglaterra para desempeñar labores domésticas pesadas y repetitivas, como hacer girar el asador de las cocinas mediante un mecanismo de rueda. La raza se consideró oficialmente extinta a mediados del siglo XVIII.

convertirlas en el espiráculo obediente de vuestro carácter y vuestras metas.

Solo nos gustan aquellas acciones que llevan mucho tiempo gozando de las alabanzas de los hombres, y no nos parece que nada que el hombre sea capaz de hacer pueda realizarse de manera divina. Creemos que la grandeza está restringida o dispuesta en ciertos lugares y funciones, en ciertos puestos u ocasiones, y no nos damos cuenta de que Paganini puede sacar arrobo de un hilo de sutura; Eulenstein, de un birimbao; un chaval de dedos diestros, de unas tiras de papel y unas tijeras; Landseer, de un cochino; el héroe, de la mísera vivienda y sociedad en las que estaba oculto. Lo que calificamos de estado incierto o sociedad vulgar son el estado y la sociedad cuya poesía aún no se ha escrito, pero que en breve volveréis tan envidiable y famosa como la que más. En nuestros juicios, aprendamos de los reyes. De la hospitalidad, del vínculo de las familias, de la grandiosidad de la muerte y de mil cosas que se formulan como realeza, y así ha de hacerlo una mente real. La elevación consiste en establecer de manera habitual un nuevo juicio.

Lo que un hombre hace es lo que posee. ¿Qué tiene que ver con la esperanza o el miedo? En él mismo se asienta su poderío. No ha de parecerle firme ningún bien que no esté en su propia naturaleza y que deba crecer de él mientras viva. Los bienes de la fortuna pueden ir y venir como las hojas de verano, deben esparcirse con todos los vientos, como los signos momentáneos de su infinita productividad.

Puede que ya tenga los suyos propios. El genio de un hombre, la cualidad que lo diferencia de todos los demás, la susceptibilidad a un tipo de influencias, la elección de lo que le es apropiado y el rechazo de lo que no lo es determinan para él el carácter del universo. El hombre es un método, una disposición progresiva, un principio selectivo que reúne allá donde va aquello que le complace. Solo obtiene lo suyo de esa ingente multiplicidad que da vueltas y vueltas a su alrededor. Es como una de esas barreras que hay dispuestas saliendo de las orillas de los ríos para atrapar la madera de deriva, o como la calamita entre esquirlas de acero. Esos hechos, esas palabras, esas personas que habitan en su memoria sin que él sea capaz de explicar por qué están ahí guardan con él una relación que no por no entenderse aún resulta menos real. Son símbolos valiosos, pues pueden interpretar partes de su conciencia para las que él buscaría en vano palabras en los contenidos convencionales de los libros y otras mentes. Lo que atraiga mi atención ha de tenerla, igual que iré hasta el hombre que llame a mi puerta, mientras que otras mil personas tan valiosas como él pasarán a mi lado y no les haré ningún caso. Me basta con que esos detalles me digan algo. Unas cuantas anécdotas, unos cuantos rasgos del carácter, de las maneras, del rostro, unos cuantos incidentes tienen un énfasis en vuestra memoria totalmente desproporcionado con respecto a su aparente significado si se calibran según los estándares habituales. Tienen que ver con vuestro don. Hemos de permitir que ostenten su peso y no rechazarlos ni ponernos a buscar iluminación en hechos más habituales de la literatura. Lo que vuestro corazón considera grande es grande. El énfasis del alma siempre tiene razón.

Sobre todas las cosas que les resultan agradables a su naturaleza y su genio, el hombre tiene el derecho más elevado. Allí donde pueda obtener lo que corresponda a su estado espiritual, ni siquiera él podría tomar otra cosa aunque todas las puertas estuvieran abiertas, ni toda la fuerza de los hombres podría impedirle que adquiera todo eso. Es inútil tratar de ocultarle algo a quien tiene derecho a conocerlo. Ese secreto se expondrá por sí mismo. El estado de ánimo al que puede llevarnos un amigo constituye su poder sobre nosotros. El amigo tiene derechos sobre los pensamientos que surgen de ese estado mental. Ostenta influencia sobre todos los secretos que guarda ese estado mental. Se trata de una ley que los políticos utilizan en la práctica. El terror de la República Francesa, que dejó pasmada a Austria, fue incapaz de imponer su diplomacia. Pero Napoleón mandó a Viena a M. de Narbonne, un hombre perteneciente a la antigua nobleza, con su moral, sus maneras y su nombre, diciendo que era indispensable enviar hasta la vieja aristocracia de Europa a hombres con un vínculo común, que, en realidad, constituyen una suerte de francmasonería. En menos de quince días, M. de Narbonne consiguió enterarse de todos los secretos del gabinete imperial.

Nada parece tan fácil como hablar y que lo entiendan a uno. Y, sin embargo, puede suceder que un hombre averigüe que el hecho de ser entendido es la más férrea de las cadenas, al igual que quien ha recibido una opinión puede acabar pensando de ella que es un vínculo de lo más inoportuno.

Si un maestro tiene una opinión que desea ocultar, sus alumnos terminarán tan adoctrinados en ella como en cualquier otra que haga pública. Si vertéis agua en un recipiente que se ha retorcido de manera que forma bucles y ángulos, es inútil decir que, aunque yo la vierta solo en uno o en otro, el agua tendrá el mismo nivel en todos. Si nos enseñan el arco de la curva, un buen matemático será capaz de imaginar la figura completa. Siempre estamos razonando desde lo visto hacia lo no visto. De ahí la perfecta inteligencia que subsiste entre los hombres sabios de épocas remotas. Un hombre no puede enterrar tan profundamente sus intenciones en su libro hasta el punto de que el tiempo y otros hombres parecidos no sean capaces de descubrirlas. Platón tenía una doctrina secreta, ¿verdad? ¿Qué secreto puede ocultarles a Bacon, a Montaigne o a Kant? Así pues, Aristóteles decía de sus obras que eran públicas y no públicas.

Nadie puede aprender aquello que no esté preparado para entender, por muy cerca de los ojos que se encuentre el objeto. Un químico puede contarle sus secretos más preciados a un carpintero, y este no será por ello más sabio. Dios nos protege para siempre de las ideas prematuras. Tenemos los ojos dispuestos de tal manera que no podemos ver cosas que nos estén mirando fijamente a la cara, hasta que llega el momento en el que la mente madura, y entonces las contemplamos, y la época en la que no las veíamos nos parece un sueño.

No es en la naturaleza, sino en el hombre, donde se halla toda la belleza y todo el valor que este contempla. El mundo está vacío y le debe todo su orgullo a esta alma que embellece y ensalza. «La Tierra llena el regazo de placeres» que no son suyos. El valle de Tempe, Tívoli y Roma son tierra y agua, rocas y cielo. Existen tierras y aguas igual de buenas en otros mil lugares, pero ¡qué poco nos conmueven!

La gente no saca lo mejor de sí por el sol y la luna, el horizonte y los árboles; igual que no se observa que los vigilantes de los museos romanos ni los ayudantes de los pintores tengan elevación de pensamiento alguna, ni que los libreros sean más sabios que los demás hombres. Existen virtudes en el comportamiento de una persona refinada y noble que se pierden ante la mirada de alguien tosco. Son como las estrellas cuya luz aún no nos ha llegado.

El hombre puede ver aquello que hace. Nuestros sueños son la continuación de nuestros saberes en vigilia. Las visiones de la noche contienen cierta medida de las visiones del día. Los sueños abominables son exageraciones de los pecados diurnos. Vemos nuestros afectos nocivos encarnados en malas fisonomías. En los Alpes, el viajero contempla a veces su propia sombra magnificada como un gigante, de tal forma que su mano resulta pavorosa. «Hijos míos», les decía un anciano a sus niños, aterrorizados ante una silueta que había en la oscuridad de la entrada, «jamás veréis nada peor que vosotros mismos». Como ocurre en los sueños, en los sucesos del mundo, apenas menos fluidos, todo hombre se ve como algo descomunal, sin saber que es él mismo. Todas las cualidades de su mente se ven engrandecidas con algún encuentro, igual que todas las emociones de su corazón. Es como un quincunce de árboles, que suma cinco (Este, Oeste, Norte o Sur), o un acróstico inicial, intermedio y terminal. ¿Y por qué no? Se aferra a una persona y rehúye a otra, según las semejanzas o diferencias, buscándose de verdad a sí mismo en aquellos a quienes frecuenta y, además, en su oficio, hábitos, gestos, carnes y bebidas, y al final termina fielmente representado por cualquier visión que se adopte de sus circunstancias.

El hombre puede ver aquello que escribe. ¿Qué podemos ver u obtener, sino lo que somos? Observad a un hombre inteligente leyendo a Virgilio. Pues bien, ese autor es mil libros distintos para mil personas distintas. Tomad el libro en vuestras manos y dejaos en él los ojos, pero nunca encontraréis lo que encuentro yo. Si un lector brillante tuviera el monopolio sobre la sabiduría o el placer que obtiene, estaría tan seguro leyendo el libro en inglés como si estuviera preso en la lengua de los palauanos. Lo que ocurre con un buen libro se produce también con la buena compañía. No sirve de nada presentar a una persona corriente ante unos caballeros; no es de los suyos. Todas las sociedades se protegen a sí mismas. La compañía está totalmente a salvo y él no es uno de ellos, aunque su cuerpo esté en la misma habitación.

¿De qué sirve combatir las leyes eternas de la mente, que ajustan la relación de todas las personas entre sí según la medida matemática de sus maneras de ser y comportarse? Gertrude está enamorada de Guy, ¡qué elevadas, qué aristocráticas, qué romanas sus formas y costumbres! Vivir con él daría lugar a una vida auténtica, y no hay adquisición que sea demasiado grande, y el Cielo y la Tierra se mueven hacia ese fin. Pues bien, Gertrude tiene a Guy, pero ¿de qué sirven ahora sus maneras y costumbres, tan elevadas, aristocráticas y romanas, si el corazón y las aspiraciones de Guy están en el Senado, en el teatro y en la sala de billar, y ella no tiene ninguna aspiración, ninguna conversación que pueda encandilar a su elegante señor?

El hombre tendrá su propia sociedad. No podemos amar sino desde nuestra propia naturaleza. Los talentos más maravillosos, los esfuerzos más meritorios nos sirven de muy poco, realmente, pero la cercanía o la similitud de naturalezas... ¡qué bella es la facilidad de su victoria! Se nos acercan personas famosas por su belleza, por sus logros, dignas de todo asombro por sus encantos y dones; dedican todas sus destrezas al momento y la compañía... con un resultado muy imperfecto. Desde luego, sería una ingratitud no alabarlas en voz alta. Luego, cuando todo ha terminado, una persona con una mente parecida, un hermano o hermana por naturaleza, viene a nosotros de forma calma y tranquila, con tanta cercanía e intimidad —como si fuera la sangre que nos corre por las venas— que nos parece que alguien se ha marchado, en lugar de que otro haya llegado; nos sentimos aliviados y revitalizados por completo; es una suerte de soledad gozosa. Creemos irreflexivamente, en nuestros días más aciagos, que debemos cortejar a los amigos siguiendo los usos de la sociedad, su vestido, su educación y sus opiniones. Pero solo puede ser mi amiga esa alma que se encuentre en la línea de mi propia marcha, esa alma a la que no me niego y que no se niega a mí, y que, nacida en la misma latitud celestial, alberga en sí toda mi experiencia. El erudito se olvida de sí mismo e imita los usos del hombre de mundo para merecerse la sonrisa de la belleza, y persigue a alguna joven atolondrada, al no haber aprendido aún, gracias a la pasión espiritual, a conocer a la mujer noble con todo lo sereno, profético y bello que hay en su alma. Si es grande, el amor lo seguirá. Nada se castiga con más dureza que el rechazo de las afinidades, esas que deberían constituir en exclusiva las sociedades, y la descabellada ligereza de elegir acompañantes con los ojos de otros.

El hombre puede definir su propio ritmo. Es una máxima digna de la mayor atención que este tenga las concesiones que adopte. Si aceptamos la posición y la actitud que nos corresponden, todos los hombres estarán de acuerdo. El mundo ha de ser justo. Permitamos que todo hombre, con una profunda despreocupación, defina su propio ritmo. Héroe o charlatán, no se inmiscuirá en el asunto. Aceptará, desde luego, vuestra medida sobre cómo ser y comportarse, ya os escabulláis y neguéis vuestro propio nombre o ya veáis que vuestra acción se configura siguiendo la esfera cóncava de los cielos, con la revolución de las estrellas.

La misma realidad permea toda enseñanza. El hombre puede enseñar haciendo, y de ningún otro modo. Si puede comunicarse, puede enseñar, pero no mediante las palabras. Enseña aquel que da y aprende aquel que recibe. No existe conocimiento hasta que se lleve al alumno al mismo estado o principio en el que estéis vosotros; entonces tiene lugar una transfusión: él es vosotros y vosotros sois él, y así se produce una enseñanza, y ningún azar hostil ni mala compañía podrán hacerle perder del todo su beneficio. Pero vuestras proposiciones entran por un oído y salen por el otro. Vemos anunciado que el señor Grand ofrecerá una alocución el 4 de julio, y que el señor Hand lo hará ante la Asociación de Mecánicos, y no vamos allí, porque sabemos que esos caballeros no comunicarán su propio carácter ni experiencia al público. Si tuviéramos motivos para esperar algo distinto, acudiríamos a pesar de todas las incomodidades y oposiciones. Se llevaría a los enfermos en literas. Pero una alocución es una correría, una falta de compromiso, un remedo, un chiste, y no una comunicación, ni un discurso, ni un hombre.

Una némesis similar preside todas las obras intelectuales. Aún hemos de aprender que no por pronunciar algo con palabras ese algo se está afirmando. Debe declararse por sí mismo, o ninguna forma de lógica ni de juramento podrá darle evidencia. La frase también debe contener su propia justificación para ser pronunciada.

El efecto de cualquier escrito sobre la mente del público puede medirse matemáticamente de acuerdo con su profundidad de pensamiento. ¿Cuánta agua atrae? Si os despierta para que penséis, si os pone en pie con la gran voz de la elocuencia, el efecto será amplio, profundo y duradero sobre la mente de los hombres; si las páginas no os indican que lo hagáis, morirán como moscas al cabo de una hora. La forma de hablar y escribir que no pasará nunca de moda consiste en hablar y escribir con sinceridad. Del argumento que no tenga fuerza para llegar a mi propia práctica cabe dudar que llegue a la vuestra. Pero tomemos la máxima de Sidney: «Mira en tu corazón y escribe». Quien escribe para sí mismo escribe para un público eterno. Solo es apta para hacerse pública aquella afirmación a la que hayáis llegado tratando de satisfacer vuestra propia curiosidad. El escritor que saca su tema del oído y no del corazón debe saber que ha perdido tanto como parece haber ganado, y, cuando ese libro vacío haya recibido todas las alabanzas y la mitad de la gente diga: «¡Menuda poesía!, ¡menudo genio!», aún necesitará combustible para prender un fuego. Solo obtiene provecho aquello que es provechoso. Solo la vida puede impartir vida, y solo se nos puede valorar en la medida en que nos hagamos valiosos. En la fama literaria no hay suerte alguna. Quienes emiten el veredicto final sobre cada libro no son los lectores parciales y ruidosos del momento en el que se publica, sino que es una corte como de ángeles, un público que no se deja sobornar, suplicar ni impresionar, quien decide el derecho a la fama que tiene cada hombre. Únicamente llegan aquellos libros que merecen perdurar. Ni los cantos dorados, ni la vitela y el tafilete ni los ejemplares promocionales enviados a todas las bibliotecas conseguirán que un libro dure más allá de su fecha intrínseca. Debe ir a cumplir su destino con todos los autores «nobles y reales» de Walpole. Blackmore, Kotzebue o Pollock pueden durar una noche, pero Homero durará para siempre. Nunca hay en el mundo, en un mismo momento, más de diez o doce personas que lean y entiendan a Platón; nunca las suficientes para que compense una edición de sus obras, y, sin embargo, a todas las generaciones les llegan puntualmente, gracias a esas pocas personas, como si Dios las hubiera traído en la mano. «No hay ningún libro», dijo Bentley, «escrito por nadie que no sea él mismo». La permanencia de todos los libros no se determina mediante ningún esfuerzo, sea este amable u hostil, sino por su propia gravedad específica o la importancia intrínseca de su contenido para la parte invariable de la mente del hombre. «No te preocupes demasiado por la luz que recibe tu estatua», le dijo Miguel Ángel al aprendiz de escultor, «pues será la luz de la plaza pública la que ponga a prueba su valor».

De igual modo, el efecto de toda acción se mide de acuerdo con la profundidad del sentimiento del que procede. El gran hombre no sabía que era grande. Ese dato tardó un siglo o dos en aparecer. Hizo lo que hizo porque debía hacerlo; para él era la cosa más natural del mundo y surgió de las circunstancias del momento. Pero ahora, todas las cosas que hizo, hasta levantar un dedo o comer un mendrugo de pan, parecen inmensas, relacionadas entre sí, y se califican de institución.

Estas son las demostraciones, a partir de unos cuantos detalles, del genio de la naturaleza; indican la dirección de la corriente. Pero la corriente es sangre y todas las gotas están vivas. La verdad no tiene victorias únicas; todas las cosas son sus órganos, no solo polvo y piedras, sino errores y mentiras. Las leyes de la enfermedad, dicen los galenos, son tan bellas como las de la salud. Nuestra filosofía es afirmativa y acepta sin reparos el testimonio de hechos negativos, igual que toda sombra señala hacia el sol. Por una necesidad divina, todos los hechos de la naturaleza están obligados a ofrecer su testimonio.

El carácter humano tiende a lo público. La acción y la palabra más fugaces, el mero aire de estar haciendo algo, cualquier objetivo íntimo expresan carácter. Si actuáis, mostráis carácter; si os quedáis sentados sin moveros, si dormís, también lo estáis mostrando. Pensáis que, porque no habéis dicho nada cuando otros hablaban y no habéis opinado sobre la época, la iglesia, la esclavitud, el matrimonio, el socialismo, las sociedades secretas, la universidad, los partidos y las personas, vuestro veredicto se sigue esperando con curiosidad como si fuera una sapiencia secreta. Pero nada más lejos de la verdad: vuestro silencio responde en voz muy alta. No tenéis oráculo que pronunciar y vuestros semejantes han visto que no podéis ayudarlos, pues los oráculos hablan. ¿Acaso no clama la Sabiduría y alza su voz la Inteligencia?

Hay límites terribles impuestos por la naturaleza a las fuerzas del disimulo. La verdad oprime los miembros corporales más reticentes. Se dice que los rostros nunca mienten. Aquel que estudie los cambios de expresión no caerá nunca en engaños. Cuando un hombre dice la verdad en el ánimo de la verdad, su mirada es tan límpida como el cielo. Cuando tiene intereses vulgares y habla con falsedad, su mirada es lodosa y, a veces, estrábica.

He oído a un experto abogado decir que nunca ha temido el efecto que sobre un jurado pudiera tener un letrado que no crea de corazón que su cliente deba recibir un determinado veredicto. Su incredulidad será evidente para los miembros del jurado, a pesar de todas sus protestas, y será compartida por ellos. Es esa misma ley por la cual una auténtica obra de arte nos lleva al mismo estado de ánimo en el que estaba el artista cuando la creó. Aquello en lo que no creemos no podemos decirlo adecuadamente, por mucho que repitamos algunas palabras. Tal fue el convencimiento que expresó Swedenborg al describir a un grupo de personas del mundo espiritual que se esforzaban en vano por articular una proposición en la que no creían, pero no fueron capaces, a pesar de que retorcieron y plegaron los labios hasta llegar incluso a la indignación.

Un hombre pasa por lo que vale. Inútil resulta la curiosidad sobre la valoración que otras gentes hacen de nosotros, y el miedo a que no se nos conozca no es menor. Si un hombre sabe que puede hacer una cosa —que puede hacerla mejor que cualquier otro—, tiene la garantía de que todas las personas reconocerán ese hecho. El mundo está lleno de días del juicio, y en todos los grupos a los que llega un hombre, en todas las acciones que emprende, lo evalúan y clasifican. En toda tropa de niños que gritan y corretean en patios y plazas, al recién llegado se lo sopesa bien y con precisión en el transcurso de unos pocos días y se le marca con el número correspondiente, como si se lo hubiera sometido a un juicio formal sobre su fuerza, velocidad y temperamento. De una escuela remota llega un desconocido, con mejores ropas, con baratijas en los bolsillos, con aires y pretensiones; un chico de más edad dice para sí: «No sirve de nada, mañana lo descubriremos». «¿Qué ha hecho?» es la pregunta divina que escruta a los hombres y atraviesa cualquier reputación falsa. Aunque un petimetre puede sentarse en cualquier silla del mundo y ser indistinguible en ese momento de Homero o Washington, nunca habrá duda alguna sobre la habilidad respectiva de los seres humanos. La pretensión puede quedarse sentada, quieta, pero no actuar. La pretensión no ha simulado jamás un acto de auténtica grandeza. La pretensión no ha escrito jamás una *Ilíada*, ni ha hecho retroceder a Jerjes, ni ha cristianizado el mundo, ni ha abolido la esclavitud.

En la misma medida en que existe, la virtud se muestra; en la misma medida en que existe, la bondad infunde veneración. Todos los demonios respetan la virtud. La secta más elevada, la generosa, la volcada en sí misma siempre instruirá e inspirará a la humanidad. Nunca se ha perdido del todo una palabra sincera. Nunca se ha venido abajo un acto de magnanimidad, sino que siempre hay algún corazón que lo recibe y lo acepta inesperadamente. Un hombre pasa por lo que vale. Aquello que es se inscribe en su rostro, en su silueta, en sus fortunas, con letras de luz. La ocultación no le sirve de nada y de nada le vale la ostentación. Hay confesión en la mirada de nuestros ojos, en nuestras sonrisas, en los saludos y en el apretón de manos. Su pecado lo embarra, estropea toda la buena impresión que pueda causar. Los hombres no saben por qué no se fían de él, pero no lo hacen. Su vicio le torna la mirada vidriosa, le traza líneas de expresión mezquina en las mejillas, pellizca la nariz, pone la marca de la bestia en la nuca y escribe «¡bufón! ¡bufón!» en la frente de un rey.

Si no queréis que se sepa que habéis hecho algo, no lo hagáis nunca. Un hombre puede hacer de bufón en las dunas de un desierto, pero todos los granos de arena parecerán observarle. Aunque tal vez coma solo, no podrá ocultar su necedad. Un aspecto degradado, una mirada canallesca, actos mezquinos y la falta del debido conocimiento: todo eso habla. ¿Acaso a un cocinero, un Chiffinch, un Iachimo[3] se los puede confundir con Zenón o Pablo? Confucio se preguntaba: «¿Cómo va a ocultarse un hombre? ¿Cómo?».

Por otro lado, el héroe no teme que, si se guarda de hacer pública una acción justa y valiente, esta no reciba reconocimiento ni aprecio. Alguien conoce esa acción —él mismo— y se gana, con ello, la dulzura de la tranquilidad y la nobleza del fin, que, en último término, demostrarán ser mejor proclamación de la acción que el propio relato del hecho. La virtud consiste en respetar en cada acción la

[3] Probablemente, Emerson se refiere aquí a William Chiffinch (1602-1688 o 1691), que sirvió como ayuda de cámara, entre otros, en la corte inglesa, y a quien se conoce por su afición a las mujeres, las intrigas, los sobornos y el descuido de sus obligaciones. Iachimo, por su parte, es otro truhan, en este caso ficticio, del *Cimbelino* de William Shakespeare.

naturaleza de las cosas, y la naturaleza de las cosas la hace prevalecer. Supone una sustitución permanente del parecer por el ser. Y no por casualidad y con una propiedad sublime la divinidad se describe a sí misma diciendo: YO SOY.

La enseñanza que transmiten estas observaciones es la siguiente: debemos ser, no parecer. Aceptémoslo. Saquemos nuestra abotargada inexistencia del camino de los circuitos divinos. Desaprendamos lo que sabemos del mundo. Vivamos discretamente bajo el poder de la divinidad y aprendamos que solo la verdad nos vuelve ricos y grandes.

Si visitáis a un amigo, ¿por qué disculparos por no haberlo visitado y así malgastar su tiempo y emborronar vuestra acción? Visitadlo ahora. Que se dé cuenta de que ha ido a verlo el amor más elevado, del que sois órgano inferior. O ¿por qué atormentaros a vosotros y a vuestro amigo con reproches secretos por no haberlo ayudado o lisonjeado con regalos y saludos hasta ese momento? Sed un obsequio y una bendición. Brillad con luz verdadera y no con el reflejo prestado de las dádivas. Los hombres comunes son disculpas para los hombres; inclinan la cabeza, se excusan con prolijas razones y acumulan apariencias, porque carecen de sustancia.

Estamos llenos de estas supersticiones del sentido, la veneración de la magnitud. Decimos del poeta que es indolente, porque no ejerce como gobernador, mercader ni botones. Adoramos una institución y no vemos que se fundamenta en una idea que nosotros mismos ya poseemos. Pero la auténtica acción se aloja en los momentos de silencio. Las épocas de nuestra vida no se miden por los hechos visibles, como nuestra elección de un oficio, nuestro matrimonio, nuestra obtención de un cargo, etc., sino por un pensamiento callado junto al camino mientras paseamos, un pensamiento que revise nuestra forma entera de vivir y diga: «Esto es lo que has hecho, pero esto otro era mejor». Y todos nuestros años posteriores, como si fueran criados, atienden y sirven a ese pensamiento, y, según la capacidad que tengan, así ejecutan su voluntad. Esta revisión o corrección es una fuerza constante que tiende a abrirse paso para abarcar nuestra vida al completo. El propósito del hombre, el fin de estos momentos, es hacer que a través de él brille la luz del día, es dejar que la ley atraviese todo su ser sin obstáculos, de manera que, en cualquier punto de su comportamiento sobre el que recaiga vuestra mirada, ofrezca una imagen fiel de su carácter, ya se trate de su dieta, su casa, sus costumbres religiosas, su compañía, su júbilo, su voto, su oposición. El hombre no es homogéneo, sino heterogéneo, y el rayo no lo atraviesa; no hay luces absolutas, sino que la mirada del observador se queda perpleja al detectar muchas tendencias diversas y una vida que todavía no va a una.

¿Por qué hemos de insistir con nuestra falsa modestia en denigrar al hombre que somos y esa forma de ser que tenemos asignada? El hombre bueno se conforma. Yo aprecio y respeto a Epaminondas[4], pero no deseo ser

[4] Epaminondas fue un general y político griego del siglo IV a. C. que pasó a la historia por convertir la polis de Tebas en la nueva potencia hegemónica en Grecia, sustituyendo a Esparta.

Epaminondas. Prefiero apreciar el mundo de mi época que el de la suya. Y tampoco podréis, si tengo razón, despertar en mí el más mínimo desasosiego diciendo: «Aquel actuó y tú te quedaste sentado». Considero que la acción es buena cuando hay necesidad, y que quedarse sentado también es bueno. Epaminondas, si fue el hombre por el que lo tomo, se habría quedado sentado con alegría y tranquilidad, si su suerte hubiera sido la mía. El cielo es grande y da cabida a todas las formas de amor y fortaleza. ¿Por qué hemos de ser entrometidos y serviles? La acción y la inacción son igualmente legítimas. Un trozo del árbol se corta para hacer una veleta; otro, para fabricar la traviesa de un puente: en ambos casos, la virtud de la madera es evidente.

No deseo deshonrar el alma. El hecho de que yo esté aquí demuestra, ciertamente, que aquí el alma tenía necesidad de un cuerpo. ¿Acaso no debo asumir esa labor? ¿Debo merodear, esquivar y evadirme con mis disculpas intempestivas y mi falsa modestia e imaginar que mi presencia es impertinente? ¿Menos pertinente que la presencia de Epaminondas u Homero? ¿Y que el alma no conocía sus propias necesidades? Además, sin razonar sobre el asunto, no siento insatisfacción alguna. El alma buena me nutre y libera para mí nuevas reservas de poder y gozo todos los días. No voy a rechazar miserablemente la inmensidad del bien porque haya oído que a otros les ha llegado con formas distintas.

Además, ¿por qué habría de intimidarnos el término «acción»? Es un truco de los sentidos, nada más. Sabemos que toda acción viene antecedida de una idea. La mente pobre cree no ser nada a menos que tenga una insignia externa: una dieta hindú, un abrigo de cuáquero, un grupo de oración calvinista, una sociedad filantrópica, una donación cuantiosa, un cargo destacado o, en cualquier caso, una acción muy llamativa que demuestre que, en cierto modo, sí es algo. La mente rica se tumba al sol y duerme, y así también es Naturaleza. Pensar es actuar.

Si estamos de acuerdo en la necesidad de grandes acciones, hagamos que las nuestras sean así. Toda acción posee una elasticidad infinita, y la más ínfima admite que se la infle de aire celestial hasta eclipsar el sol y la luna. Busquemos una única paz mediante la fidelidad. He de acatar mis obligaciones. ¿Por qué tengo que vagabundear por los escenarios y la filosofía de la historia griega e italiana antes de justificarme ante mis benefactores? ¿Cómo me atrevo a leer las campañas de Washington cuando no he respondido las cartas de mis corresponsales? ¿Acaso no es esta una objeción justa a gran parte de nuestras lecturas? Contemplar lo que hacen nuestros vecinos es una deserción pusilánime de nuestro trabajo. Es fisgonear. Dice Byron de Jack Bunting:

> *No sabía qué decir, así que juró.*

Yo podría decir lo mismo del uso absurdo que hacemos de los libros: «No sabía qué hacer, así que leyó». No se me ocurre con qué ocupar el tiempo, y encuentro *La vida de*

Brant[5]. Es un cumplido desmesurado hacia Brant, o hacia el general Schuyler, o hacia el general Washington. Mi época ha de ser tan buena como la suya; mis actos, mi red de relaciones, tan buenos como los suyos. Prefiero hacer mi trabajo tan bien que otros ociosos, si lo desean, puedan comparar mis textos con los de aquellos y considerarlos idénticos al mejor.

Esta sobrevaloración de las posibilidades de Pablo y Pericles y esta infravaloración de las nuestras proceden de la negación de que todos compartimos una naturaleza idéntica. Bonaparte no conocía sino un mérito, y recompensaba siempre del mismo modo al buen soldado, al buen astrónomo, al buen poeta, al buen jugador. El poeta usa los nombres de César, Tamerlán, Bonduca, Belisario; el pintor usa la historia tradicional de la Virgen María, de Pablo, de Pedro. No se rinde, pues, a la naturaleza de estos hombres fortuitos, de estos héroes corrientes. Si el poeta escribe un drama auténtico, es César, y no el intérprete de César; de este modo, el mismo esfuerzo de pensamiento, una emoción igual de pura, un ingenio igual de sutil, unos movimientos igual de rápidos, crecientes, extravagantes, y un corazón igual de inmenso, independiente, intrépido, que en las oleadas de su amor y esperanza puede levantar todo lo que se cree sólido y preciado en el mundo —palacios, jardines, fortunas, flotas, reinos—, señalando

[5] *Life of Brant*, o *Life of Joseph Brant-Thayendanegea*, de William L. Stone, obra de 1838 sobre la vida de este político y militar mohawk, que desempeñó un importante papel en varios de los grandes conflictos bélicos y diplomáticos que acabarían desembocando en la independencia de Estados Unidos.

su incomparable valía mediante el desprecio que arroja sobre estos hombres de usar y tirar, son todos suyos, y merced a su fuerza enardece a las naciones. Que un hombre crea en Dios, y no en nombres, lugares o personas. Que el alma inmensa encarnada en la figura de una mujer cualquiera, pobre, triste y sola, en una Dolly o una Joan, vaya a servir y barrer aposentos y fregar suelos, y su refulgente luminosidad no podrá sofocarse ni esconderse, sino que el barrer y el fregar se mostrarán al instante como acciones supremas y bellas, el culmen y el resplandor de la vida humana, y todo el mundo irá a por mopas y escobas, hasta que, ¡mirad!, de pronto el alma inmensa de esa mujer se habrá consagrado en otra figura y hecho alguna otra cosa, y esas serán entonces la flor y la cúspide de toda la naturaleza viviente.

Nosotros somos los fotómetros; nosotros, el irritable pan de oro y el papel de plata que miden las acumulaciones del sutil elemento. Conocemos los verdaderos efectos del auténtico fuego a través de todas y cada una de sus incontables apariencias.

EL ALMA SUPREMA

Pero a las almas que comparten con él su buena vida
las ama como a sí mismo; queridas como sus ojos
son para Él; jamás las abandonará:
cuando ellas mueran, el propio Dios morirá también;
viven, viven en la bendita eternidad.

Henry More

El espacio es inmenso, al este y al oeste,
pero dos no pueden ir juntos,
no pueden recorrerlo ambos:
allí el autoritario cuco
desecha todos los huevos del nido,
vivos o muertos, salvo los propios;
un conjuro se extiende sobre la tierra y la piedra,
la Noche y el Día se han corrompido.
Toda calidad y sustancia
está cargada y embargada de un poder
que obra su voluntad sobre la edad y el tiempo.

Existe una diferencia entre un tipo de momentos y otro de la vida en su autoridad y efecto subsiguiente. Nuestra fe nos llega a intervalos; nuestro vicio es habitual. No obstante, existe también una profundidad en esos breves momentos que nos fuerza a atribuirles más realidad que al resto de experiencias. Por este motivo, el argumento que trata de silenciar a quienes conciben extraordinarias esperanzas en el hombre mediante el recurso a la experiencia, resulta siempre inválido e inútil. Rendimos el pasado al oponente y, sin embargo, tenemos esperanzas. Reconocemos que la vida humana es mediocre, pero ¿cómo hemos sabido que era mediocre? ¿En qué se sustenta este desasosiego nuestro, esta vieja insatisfacción? ¿Qué es esa sensación universal de deseo y de ignorancia, sino la delicada insinuación con la que el alma plasma su inmensa exigencia? ¿Por qué a los seres humanos les parece que la historia natural del hombre nunca se ha escrito, sino que este siempre está dejando atrás lo que se ha dicho de él, y aquella se queda antigua y los libros de metafísica obsoletos? Desde hace seis mil años, la filosofía no ha indagado en las cámaras y almacenes del alma. En sus experimentos siempre se ha mantenido, incluso en el último análisis, un residuo que no podía resolver. El hombre es un arroyo cuyo manantial está oculto. Nuestro ser desciende a nosotros desde no sabemos dónde. El calculista más preciso no tiene ninguna seguridad de que algo incalculable no pueda entorpecer su acción justo un instante después. En todo momento me veo obligado a reconocer un origen de los acontecimientos más elevado que la voluntad que considero mía.

Con los acontecimientos sucede lo mismo que con los pensamientos. Cuando observo ese río que fluye, que, procedente de lugares que no veo, vierte en mí sus aguas durante una estación, me doy cuenta de que soy un pensionista; no una causa, sino un espectador sorprendido de este líquido etéreo; de que deseo y busco y adquiero una actitud receptiva, pero las visiones llegan a través de una energía ajena.

El Juez Supremo de los errores del pasado y el presente, único profeta de lo por venir, es esa gran naturaleza en la que descansamos, igual que la tierra yace en los suaves brazos de la atmósfera. Es esa Unidad, esa Alma Suprema, dentro de la cual el ser particular de todos los hombres reside y es uno con todos los demás. Es ese corazón compartido hacia el que toda conversación sincera es alabanza, hacia el que toda acción justa es sumisión. Es esa realidad abrumadora que refuta nuestros trucos y talentos y obliga a todo el mundo a pasar por lo que es y hablar desde su carácter y no desde su lengua, y que cada vez más tiende a introducirse en nuestro pensamiento y nuestra mano y a convertirse en sabiduría, virtud, poder y belleza. Vivimos a través de sucesiones, divisiones, partes, partículas. Mientras tanto, dentro del hombre están el alma del todo, el silencio sabio, la belleza universal con los que toda parte y partícula guarda la misma relación, el UNO eterno. Y este profundo poder en el que existimos y cuya beatitud nos es plenamente accesible no solo es autosuficiente y perfecto en todo momento, sino que nos permite entender que el acto de ver y la cosa vista, el espectador y el espectáculo, el sujeto y el objeto son uno. Vemos el mundo pedazo a pedazo, el sol, la luna, el animal, el árbol; pero el todo, del que estos son las partes más brillantes, es el alma. Solo con la visión de esa Sabiduría puede leerse el horóscopo de los tiempos y, valiéndonos de nuestros mejores pensamientos, rindiéndonos al espíritu de profecía que es innato en todo hombre, podemos saber lo que dijo. Las palabras de todo hombre que hable desde esa vida han de sonarles vanas a quienes no habitan en el mismo pensamiento. Yo no me atrevo a hablar por él. Mis palabras no transmiten su augusto sentido, se quedan cortas y frías. Solo él mismo puede inspirar a quien desee y, ¡fijaos!, su discurso será lírico, dulce y universal, como el viento cuando se levanta. No obstante, deseo, aun con palabras profanas, si no puedo usar las que son sagradas, indicar el cielo de esta deidad y relatar los indicios que he reunido sobre la simplicidad trascendente y la energía de su Ley Superior.

Si prestamos atención a lo que sucede en conversaciones, ensoñaciones, remordimientos, momentos de pasión, sorpresas, instrucciones de los sueños, en los que a menudo nos vemos enmascarados —los disfraces estrafalarios solo amplifican y realzan un elemento real y nos obligan a percibirlo desde lejos—, reuniremos muchos indicios que ensancharán y traerán luz al conocimiento del secreto de la naturaleza. Todo viene a demostrar que, en el hombre, el alma no es un órgano, sino que anima y pone en marcha todos los órganos; no es una función, como la capacidad de memoria, de cálculo, de comparación, sino que usa estas como manos y pies; no es una facultad, sino una luz; no es el intelecto ni la voluntad, sino la maestra del intelecto y de la voluntad. Es el telón de fondo de nuestro ser, ante el que se halla todo lo demás (una inmensidad que no se posee ni se puede poseer).

Desde dentro o desde atrás, una luz brilla a través de nosotros, ilumina las cosas y nos hace darnos cuenta de que no somos nada, sino que la luz lo es todo. Un hombre es la fachada de un templo en el que descansan toda la sabiduría y todo el bien. Lo que habitualmente llamamos hombre, el hombre que come, bebe, cultiva y cuenta, no se representa, tal como lo conocemos, a sí mismo, sino que ofrece apenas una representación desfigurada. A él no lo respetamos, pero el alma, de la que él es órgano, sí nos dejará vislumbrarla a través de sus actos. Nos obligaría, de hecho, a arrodillarnos. Cuando el alma respira a través del intelecto del hombre, es genio; cuando respira a través de su voluntad, es virtud; cuando fluye a través de sus afectos, es amor. Y la ceguera del intelecto empieza cuando este pretende ser algo por sí mismo. La debilidad de la voluntad empieza cuando esta pretende ser algo por sí misma. En una persona concreta, toda reforma aspira a hacer que el alma se abra paso a través de nosotros; en otras palabras, a movernos a obedecer.

De esta naturaleza pura todos los hombres son conscientes en algún momento, aunque el lenguaje no puede pintarla con sus colores. Es demasiado sutil. Es indefinible, inmensurable, pero sabemos que nos impregna y nos contiene. Sabemos que todos los seres espirituales están en el hombre. Dice un viejo y acertado proverbio: «Dios viene a vernos sin avisar»; es decir, igual que no hay pantallas ni techos entre nuestras cabezas y los cielos infinitos, no hay barrotes ni muros en el alma, donde el hombre, en efecto, termina, y Dios, la causa, comienza. Los muros se han retirado. Estamos abiertos, por un lado, a las profundidades de la naturaleza espiritual, a los atributos de la divinidad: la Justicia que vemos y conocemos, el Amor, la Libertad, el Poder. Por encima de esas naturalezas no ha pasado nunca ningún hombre, sino que ellas se alzan sobre nosotros, especialmente cuando nuestros intereses nos tientan a dañarlas.

La soberanía de esta naturaleza de la que hablamos se da a conocer por su independencia con respecto de esas limitaciones que nos circunscriben por todos lados. El alma rodea todas las cosas. Y, como he dicho, contradice toda experiencia. Del mismo modo, abole el tiempo y el espacio. En casi todos los hombres, la influencia de los sentidos se ha impuesto a la mente hasta el punto de que los muros del tiempo y el espacio terminan pareciendo reales e infranqueables, y hablar con ligereza de estos límites es, en el mundo, señal de locura. Sin embargo, el tiempo y el espacio no son sino medidas inversas de la capacidad del alma. El espíritu juega con el tiempo:

Puede reducir la eternidad a una hora
o dilatar una hora eternamente.

A menudo percibimos que hay una juventud y edad distintas de las que se cuentan a partir del año de nuestro nacimiento natural. Algunas ideas nos encuentran siempre jóvenes y así nos mantienen. Una de ellas es el amor de la belleza universal y eterna. Todo hombre se aleja de esa contemplación con la sensación de que pertenece a la era y no a la vida mortal. La mínima actividad de las facultades intelectuales nos redime en cierta medida de las condiciones del tiempo. En la enfermedad, en la melancolía, si nos dispensan un trazo de poesía o una idea profunda, nos sentimos renovados; o, si nos ofrecen un volumen de Platón o Shakespeare, o nos recuerdan sus nombres, al instante nos adentramos en una sensación de longevidad. Ved cómo el insondable pensamiento divino reduce siglos y milenios y se hace presente a través de todas las épocas. ¿Acaso la enseñanza de Cristo es menos eficaz ahora que la primera vez que abrió su boca? El énfasis de los hechos y las personas en mi pensamiento no tiene nada que ver con el tiempo. Y, de este modo, la escala del alma siempre es una, y la escala de los sentidos y el entendimiento es otra. Ante las revelaciones del alma, el Tiempo, el Espacio y la Naturaleza se escabullen. En el habla común, relacionamos todas las cosas con el tiempo, del mismo modo que, por lo general, relacionamos las estrellas desgarradas con una esfera cóncava. Y, así, decimos que el Juicio Final está lejos o cerca, que se aproxima el cambio de milenio, que pronto llegará el momento de determinadas reformas políticas, morales o sociales, etc., cuando lo que queremos decir es que, en la naturaleza de las cosas, uno de los hechos que contemplamos es externo y fugitivo, mientras que el otro es permanente y connatural al alma. Las cosas que ahora consideramos fijas se irán desgajando como fruta madura, una a una, de nuestra experiencia, y caerán. El viento las arrastrará nadie sabe a dónde. El paisaje, las siluetas,

Boston y Londres son hechos tan fugitivos como cualquier institución pasada, o como cualquier tufillo, neblina o humo, y lo mismo ocurre con la sociedad y con el mundo. El alma mira siempre hacia delante; crea un mundo ante sí y deja mundos detrás. No tiene fechas, ni ritos, ni nombres, ni especialidades, ni hombres. El alma solo conoce al alma, y el tejido de acontecimientos es la túnica con la que se viste.

El ritmo de su progreso ha de calcularse de acuerdo con su propia ley y no mediante la aritmética. Los avances del alma no se hacen por gradación, como los que pueden representarse mediante el movimiento en una línea recta, sino por ascensión de un estado a otro, como los que pueden representarse mediante la metamorfosis (del huevo al gusano, del gusano a la mosca). La progresión del genio tienen un cierto carácter total, que no pone al individuo elegido por delante primero de John, luego de Adam y luego de Richard, y causa en cada uno de ellos el dolor de descubrir su inferioridad, sino que, con cada envite de desarrollo, el hombre se expande allí donde trabaja y supera, paso a paso, clases y poblaciones de hombres. Con cada impulso divino, la mente desgarra la fina corteza de lo visible y lo finito, se abre a la eternidad e inspira y espira su aire. Conversa sobre verdades que se han repetido una y otra vez en el mundo, y adquiere conciencia de una mayor afinidad con Zenón y Arriano que con las personas con las que convive en su casa.

Esta es la ley de la ganancia moral y mental. Un simple ascenso, como por mor de una levedad específica, no hacia una virtud concreta, sino hacia la región de todas las virtudes. Están en el espíritu, que las contiene todas. El alma exige pureza, pero no es pureza; exige justicia, pero no es justicia; exige benevolencia, pero es algo mejor. Así, notamos una especie de descenso y reconciliación cuando dejamos de hablar de una naturaleza moral para instar a una virtud que esta impone. Para el niño de buena cuna, todas las virtudes son naturales, no se adquieren con sufrimiento. Si le hablamos al corazón, el hombre se volverá al instante virtuoso.

Dentro del mismo sentimiento está el germen del crecimiento intelectual, que obedece a la misma ley. Quienes están capacitados para la humildad, la justicia, el amor o la aspiración se encuentran ya en una plataforma que domina las ciencias y las artes, el discurso y la poesía, la acción y la gracia, pues quien habita en esta beatitud moral anticipa esos poderes especiales que en tan alta estima tienen los hombres. El amante no posee ningún talento ni habilidad que a su enamorada le parezcan insignificantes, por muy poco que tenga ella de la correspondiente facultad, y el corazón que se abandona a la Mente Suprema se encuentra ligado a todas sus obras y recorrerá un camino auténtico hasta conocimientos y poderes específicos. En el ascenso a este sentimiento primario y original, hemos llegado instantáneamente desde nuestra estación remota, en la circunferencia, hasta el centro del mundo, donde, como si estuviéramos en el gabinete de Dios, vemos causas y anticipamos el universo, que no es sino un efecto lento.

Uno de los modos de la enseñanza divina es la encarnación del espíritu en una forma; en formas como la mía. Yo vivo en sociedad, con personas que responden a pensamientos de mi propia mente o expresan una cierta obediencia a los grandes instintos por los que vivo. Veo su presencia en ellos. Se me reconoce una naturaleza común, y estas otras almas, estos yos separados, me atraen como ninguna otra cosa. Despiertan en mí las nuevas emociones que llamamos pasión, ya sea esta de amor, odio, miedo, admiración o piedad. De ahí proceden la conversación, la persuasión, las ciudades y la guerra. Las personas son suplementarias a la enseñanza primera del alma. En la juventud, enloquecemos por las personas. Entonces vemos en ellas el mundo entero. Pero la experiencia del hombre, más dilatada, descubre la naturaleza idéntica que aparece a través de todas ellas. Las propias personas nos dan a conocer lo impersonal. En toda conversación entre dos personas se produce una referencia tácita, como si de un tercero se tratara, a una naturaleza común. Ese tercero o esa naturaleza común no es social, sino impersonal: es la divinidad. Y, así, en los grupos en los que el debate es sincero y, sobre todo, en torno a cuestiones elevadas, los individuos se dan cuenta de que el pensamiento se alza hasta el mismo nivel en todos los pechos, de que todos ostentan, al igual que el orador, una propiedad espiritual sobre lo que se ha dicho. Todos se vuelven más sabios de lo que eran. Esta unidad de pensamiento en la que todos los corazones laten con una percepción más noble del poder y el deber traza un arco sobre ellos, como si fuera un templo, y piensa y actúa con una solemnidad poco habitual. Todos son conscientes de estar logrando un grado más elevado de posesión de ellos mismos. Brilla para todos. Existe una cierta sabiduría de la humanidad que es común a los mejores hombres y a los peores, y que nuestra educación habitual suele empeñarse en silenciar y obstaculizar. La mente es una, y las mejores mentes, que aman la verdad por sí misma, piensan mucho menos en la posesión de la verdad. La aceptan con gratitud en todas partes, y no la identifican ni señalan con el nombre de ningún hombre, pues hace ya mucho que les pertenece, desde la eternidad. Los entendidos y estudiosos del pensamiento no tienen el monopolio de la sabiduría. La violencia de su instrucción los descalifica, en cierta medida, para pensar de verdad. Debemos muchas observaciones valiosas a gente que no es muy aguda ni muy profunda y que dice sin esfuerzo aquello que anhelamos y que llevamos buscando en vano desde hace tiempo. La acción del alma está más a menudo en aquello que se siente y no se dice que en aquello que se enuncia en cualquier conversación. Se cierne sobre todas las sociedades, y cada una de ellas la busca inconscientemente en las demás. Tenemos más conocimiento del que mostramos al actuar. Aún no nos poseemos y, al mismo tiempo, sabemos que somos mucho más. A menudo, en las charlas triviales con mis vecinos, siento esa misma verdad, esa percepción de que en nosotros hay algo superior que observa desde arriba este aparte, y Jove asiente a Jove desde detrás de cada uno de nosotros.

Los hombres descienden para reunirse. En su servicio habitual y vulgar al mundo, por el que renuncian a su nobleza innata, se asemejan a esos jeques árabes que viven en casas míseras y fingen pobreza hacia el exterior para burlar la rapacidad del pachá, y reservan la ostentación de sus riquezas para sus retiros interiores y protegidos.

Igual que en todas las personas, también está presente en todos los periodos de la vida. Ya está crecida en el niño. Al tratar con mi hijo, mi latín y mi griego, mis logros y mi dinero no me sirven de nada; solo cuenta la cantidad de alma que tenga. Si me obstino, vuelve su voluntad contra la mía, una contra otra, y me consiente, si me place, la degradación de vencerlo gracias a mi fuerza superior. Pero, si renuncio a mi voluntad y actúo para el alma, y la erijo en árbitro entre los dos, desde sus tiernos ojos asoma la misma alma: el niño venera y ama conmigo.

El alma percibe y revela la verdad. La conocemos cuando el alma la ve, digan lo que digan los escépticos y los burlones. Los necios os preguntan, cuando habéis dicho algo que no quieren oír: «¿Cómo sabéis que es verdad y no un error vuestro?». Conocemos la verdad cuando la vemos, desde la opinión, igual que sabemos, cuando estamos despiertos, que estamos despiertos. He aquí una gran frase de Emanuel Swedenborg, que podría revelar por sí sola la grandeza de la percepción de su autor: «El entendimiento de un hombre no demuestra que este sea capaz de afirmar lo que le plazca, sino que es capaz de discernir que lo cierto es cierto, y lo falso es falso». En el libro que estoy leyendo, el buen pensamiento me devuelve, como hacen todas las verdades, la imagen del alma completa. Ante el mal pensamiento que encuentre en él, esa misma alma se convierte en una espada que discierne, divide y corta. Somos más sabios de lo que sabemos. Si no interferimos con nuestro pensamiento, sino que nos entregamos en cada una de nuestras acciones y contemplamos cómo la divinidad sostiene todo lo que existe, conoceremos cada cosa y a cada hombre. Pues el Creador de todas las cosas y todas las personas está detrás de nosotros y, a través de nosotros, lanza su pavorosa omnisciencia sobre las cosas.

Pero, además de este reconocimiento propio en determinados tramos de la experiencia individual, el alma también revela la verdad. Y aquí deberíamos intentar reafirmarnos nosotros con su presencia y hablar de ese advenimiento con un tono más digno y noble, pues la comunicación de la verdad que hace el alma es el acontecimiento más elevado de la naturaleza, ya que, con ella, no está entregando parte de sí, sino que se entrega del todo, o se introduce y convierte en ese hombre al que ilumina, o, en proporción con la verdad que este recibe, lo dirige hacia sí mismo.

Distinguimos los anuncios del alma, las manifestaciones de su propia naturaleza, con el término «revelación». A estos anuncios siempre los acompaña la emoción de lo sublime, pues esta comunicación es un influjo de la mente divina en nuestra mente. O un reflujo del riachuelo individual ante el oleaje del mar de la vida. Cada aprehensión de este mandato central hace a los hombres agitarse de pasmo y deleite. Todos ellos se estremecen al recibir una nueva verdad o ante una gran acción que sale del corazón de la naturaleza. En estas comunicaciones, la capacidad de ver no está desligada de la voluntad de hacer, pero la revelación procede de la obediencia, y la obediencia procede de una percepción gozosa. Todos los momentos en que el individuo se siente invadido por ella son memorables. Por una necesidad de nuestra constitución, cierto entusiasmo acompaña a la conciencia individual de esa presencia divina. El carácter y duración de este entusiasmo varía según el estado de la persona, desde el éxtasis, el trance y la inspiración profética —la manifestación más infrecuente— hasta un levísimo fulgor de emoción virtuosa, forma en la que da calor, igual que las chimeneas del hogar, a todas las familias y asociaciones de hombres y hace posible la sociedad. El nacimiento del sentido religioso en los hombres siempre ha venido acompañado de una cierta tendencia a la locura, como si los hubiera sacudido un «exceso de luz». Los trances de Sócrates, la «unión» de Plotino, la visión de Porfirio, la conversión de Pablo, la aurora de Böhme, las convulsiones de George Fox y sus cuáqueros y la iluminación de Swedenborg son de este tipo. Lo que en el caso de estas personalidades fue un rapto se ha expuesto en un sinfín de ejemplos de la vida corriente de un modo menos asombroso. Por todas partes, la historia de la religión revela una tendencia al entusiasmo. El éxtasis de los moravos y los quietistas; la apertura del sentido eterno del Mundo, en el lenguaje de la Nueva Iglesia de Jerusalén; el resurgimiento de las doctrinas calvinistas o las experiencias de los metodistas son variantes de ese estremecimiento de asombro y gozo con el que el alma individual se mezcla siempre con el alma universal.

La naturaleza de estas revelaciones es la misma: son percepciones de la ley absoluta. Son soluciones a las preguntas propias del alma. No responden a los interrogantes que formula el entendimiento. De hecho, el alma no responde nunca con palabras, sino con la misma cosa por la que se está inquiriendo.

La revelación es la divulgación del alma. Popularmente, la revelación se entiende como una forma de clarividencia. En los antiguos oráculos del alma, el entendimiento trata de encontrar respuestas a preguntas sensuales y se propone saber, por medio divino, cuánto tiempo vivirán los hombres, qué harán sus manos y quiénes los acompañarán, y añaden nombres, fechas y lugares. Pero no es necesario forzar ninguna cerradura. Debemos refrenar esa curiosidad vulgar. La respuesta que se da en palabras es engañosa; en realidad, no hay respuesta alguna a las preguntas que se formulan. No habéis de exigir una descripción de los países hacia los que navegáis, pues la descripción, en última instancia, no los describe, pero mañana llegaréis allí y los conoceréis al vivir en ellos. Los hombres preguntan sobre la inmortalidad del alma, los asuntos del cielo, el estado del pecador, etc. Sueñan incluso que Jesús ha dejado respuestas precisamente para estas cuestiones. En ningún momento ese espíritu sublime habló en su dialecto. La idea de inmutabilidad está asociada esencialmente a la verdad, la justicia y el amor, los atributos del alma. Jesús, que habitó en esos sentimientos morales, indiferente ante el azar de los sentidos, solo preocupado por las manifestaciones de estos, jamás hizo una separación entre la idea de duración y la esencia de estos atributos, como tampoco dijo ni una palabra sobre la duración del alma. Quedó en manos de sus discípulos amputar la duración de los elementos morales y enseñar la inmortalidad del alma como doctrina, además de sustentarla con evidencias. Pero en cuanto la doctrina de la inmortalidad se enseña por separado, el hombre ya ha caído. Solo en el fluir del amor, en la adoración de la humildad, la continuidad es innegable. Ningún hombre inspirado hace jamás esta pregunta ni condesciende a estas evidencias. Pues el alma es fiel a sí misma y el hombre en el que se ha derramado no puede caminar desde el presente, que es infinito, hacia un futuro, que sería finito.

Las preguntas que ansiamos plantear sobre el futuro son una confesión de pecado. Dios no tiene respuesta para ellas. Ninguna respuesta en palabras puede contestar a una pregunta hecha de cosas. No es un «decreto arbitrario de Dios», sino que está en la naturaleza del hombre que un velo caiga sobre los hechos del mañana, pues el alma no nos va a permitir leer más clave que la de la causa y el efecto. Con este velo dispuesto por delante de los acontecimientos, se está indicando a los hijos de los hombres que vivan en el día presente. El único modo de obtener una respuesta a estas preguntas de los sentidos es renunciar a toda curiosidad vulgar y, con la aceptación de la marea del ser que nos lleva flotando hacia el secreto de la naturaleza, trabajar y vivir, trabajar y vivir, sin advertir que el alma, al avanzar, ha construido y forjado para sí una nueva condición, y así la pregunta y la respuesta son una.

Gracias al mismo fuego vital, consagrador y celestial que arde hasta haber disuelto todas las cosas en las olas y aluviones de un mar de luz, nos vemos y conocemos unos a otros y sabemos de qué espíritu es cada cual. ¿Quién puede decir en qué sustenta su conocimiento del carácter de los distintos individuos que componen su círculo de amigos? Nadie. Y, sin embargo, sus actos y palabras no lo decepcionan. En ese hombre, aunque no conocía nada malo de él, no puso confianza alguna. En aquel otro, aunque apenas se habían visto, ya se habían dado señales auténticas que indicaban que se podía confiar en él como alguien que tenía interés en su propio carácter. Nos conocemos muy bien unos a otros: quién ha sido justo consigo mismo y si aquello que enseñamos o contemplamos solo es una inspiración o es también un esfuerzo sincero.

Todos sabemos distinguir los espíritus. Esa capacidad de diagnóstico está siempre flotando en nuestra vida o poder inconsciente. Las relaciones de la sociedad (su comercio, su religión, sus amistades, sus disputas) son una amplia investigación judicial sobre el carácter. En un juicio plenario, o en un pequeño comité, o en un cara a cara entre el acusador y el acusado, los hombres se ofrecen para ser juzgados. Exponen contra su voluntad esas nimiedades decisivas mediante las cuales se lee el carácter. Pero ¿quién juzga? ¿Y qué? No nuestro entendimiento. No los leemos gracias al estudio o la maña. No, la sabiduría del hombre sabio consiste aquí en que él no los juzga a ellos, en que los deja juzgarse a sí mismos y se limita a leer y tomar nota de su veredicto.

En virtud de esta naturaleza inevitable, la voluntad particular queda subyugada y, a pesar de nuestros esfuerzos o imperfecciones, vuestro genio hablará desde vosotros, y el mío, desde mí mismo. Aquello que somos lo enseñaremos, no voluntaria, sino involuntariamente. Los pensamientos llegan a nuestras mentes por avenidas que nunca dejamos abiertas, y salen de ellas por avenidas que nunca abrimos de manera voluntaria. El carácter domina a la cabeza. La señal infalible del auténtico avance se encuentra en el tono que adopta el hombre. Ni su edad, ni su educación, ni su compañía, ni sus libros, ni sus acciones, ni sus talentos, ni todo esto junto pueden evitar que sea respetuoso hacia un espíritu más elevado que el suyo propio. Si no ha encontrado cobijo en lo divino, sus maneras, sus formas de hablar, el giro de sus frases, la construcción, diría, de todas sus opiniones lo confesarán aunque no quiera, por mucho que se resista. Si hemos encontrado su centro, la Deidad brillará a través de él, a través de todos los disfraces de la ignorancia, del temperamento desapacible o de la circunstancia desfavorable. El tono de la búsqueda es uno y el tono de la recepción es otro.

La gran diferencia entre los maestros sagrados y los literarios —entre poetas como Herbert y poetas como Pope; entre filósofos como Spinoza, Kant y Coleridge y filósofos como Locke, Paley, Mackintosh y Stewart; entre hombres del mundo a quienes se reconoce como oradores de talento y, aquí y allá, un ferviente místico, un profeta medio enloquecido por la infinitud de su pensamiento— es que los de un tipo hablan desde dentro, o desde la experiencia, como partes y poseedores de la verdad, y los del otro tipo hablan desde fuera, como meros espectadores, o quizá familiarizados con el hecho por la evidencia de terceras personas. No sirve de nada que me prediquen desde fuera. Eso mismo puedo hacerlo yo con gran facilidad. Jesús habla siempre desde dentro, y en un grado que trasciende a todos los demás. Ahí reside el milagro. Creo de antemano que así ha de ser. Todos los hombres están siempre esperando la llegada de un maestro tal. Pero si un hombre no habla desde dentro del velo, donde la palabra es una con aquello de lo que habla, es mejor que lo confiese con humildad.

La misma Omnisciencia fluye hacia el intelecto y conforma lo que llamamos genio. Gran parte de la sabiduría del mundo no es sabiduría, y los hombres de la clase más iluminada son, sin duda, superiores a la fama literaria y no son escritores. Entre la multitud de eruditos y autores no percibimos una sola presencia santificadora; notamos destreza y habilidad en lugar de inspiración; tienen una luz, aunque no saben de dónde viene y dicen que les es propia; su talento es una facultad exagerada, un miembro que se ha desarrollado en exceso, por lo que su fuerza es en realidad una enfermedad. En estos casos, los dones intelectuales no dan la impresión de virtud, sino casi de vicio, y sentimos que los talentos de un hombre se interponen en su avance hacia la verdad. Por el contrario, el genio es espiritual. Es una absorción mayor del corazón común. No es anómalo, sino más parecido, y no menos, a otros hombres. En todos los grandes poetas existe un conocimiento de la humanidad que es superior a todos los talentos que ejerzan. El escritor, el ingenioso, el partidario, el caballero elegante no ocupan el lugar del hombre. La humanidad brilla en Homero, en Chaucer, en Spenser, en Shakespeare, en Milton. Todos ellos se conforman con la verdad. Utilizan el grado positivo. Les parecen fríos y flemáticos a quienes han sido aderezados por la pasión frenética y el colorido violento de escritores inferiores, pero populares, pues son poetas gracias al libre curso que conceden al alma modeladora, que, a través de sus ojos, observa de nuevo y bendice las cosas que ha hecho. El alma es superior a su conocimiento, más sabia que cualquiera de sus obras. El gran poeta nos hace sentir nuestra propia riqueza y, entonces, pensamos menos en sus composiciones. Su mejor comunicación con nuestra mente es enseñarnos a despreciar todo lo que ha hecho. Shakespeare nos lleva hasta un límite de actividad inteligente tan elevado que sugiere una riqueza que empobrece la suya, y entonces pensamos que las obras espléndidas que ha creado, y que en otro momento ensalzamos como una suerte de poesía que existe por sí misma, no se agarran más a la verdadera naturaleza que la sombra de un viajero a la piedra. La inspiración que se manifestó en Hamlet y Lear podría expresar cosas igual de buenas un día tras otro hasta la eternidad. ¿Por qué, pues, he de dar importancia a Hamlet y Lear, como si no tuviéramos el alma de la que estos cayeron como sílabas de la lengua?

Esta energía no desciende hasta la vida individual sin la condición de la posesión completa. Llega al humilde y al sencillo, llega a cualquiera que aparte lo extraño y orgulloso, llega como percepción, llega como serenidad y grandeza. Cuando vemos a aquellos en los que habita, nos percatamos de la existencia de nuevos grados de grandeza. De esa inspiración, el hombre vuelve con un tono distinto. No habla con los hombres fijándose en su opinión. Los pone a prueba. Nos exige que seamos sencillos y francos. El viajero superficial trata de adornar su vida citando a mi señor, al príncipe y a la condesa, que le dijeron o hicieron esto o aquello. El plebeyo ambicioso os enseña sus cucharas, sus broches y sus anillos, y se queda con sus cartas y cumplidos. El más cultivado, al relatar su experiencia, sacrifica la agradable circunstancia poética —la visita a Roma, el hombre de genio al que conoció, el amigo brillante al que frecuenta, incluso, tal vez, el magnífico paisaje, las luces de la montaña, los pensamientos que disfrutó ayer— y trata de arrojar un color romántico sobre su vida. Pero el alma que asciende para adorar la realidad divina es sencilla y auténtica; no tiene color de rosa, ni amigos refinados, ni caballerosidad, ni aventuras; no quiere admiración; vive en el instante presente, en la experiencia más sincera del día a día, por razón de que el momento actual y la mera nimiedad se han vuelto porosos al pensamiento y han absorbido el mar de luz.

Conversad con una mente que sea enormemente sencilla y la literatura os parecerá pedantería. Las manifestaciones más sencillas son las más dignas de ser escritas, pero, por supuesto, son tan corrientes y tan básicas que, en las riquezas infinitas del alma, es como recoger unos cuantos guijarros del suelo o meter un poco de aire en un vial, cuando toda la tierra y toda la atmósfera son nuestras. Nada os llegará allí, ni os convertirá en uno más del círculo, a menos que os despojéis de vuestros adornos y os tratéis, de hombre a hombre, con verdad desnuda, confesión abierta y afirmación omnisciente.

Las almas así os tratan, igual que os tratarían los dioses, caminan de hecho como dioses en la tierra y aceptan, sin admiración alguna, vuestra sabiduría, vuestra generosidad, vuestra virtud incluso; mejor dicho, vuestro cumplimiento del deber, pues vuestra virtud la consideran tan propia como su sangre, real como ellas mismas, y más que real: madre de los dioses. Pero ¡qué reprimenda proyecta su comportamiento, sencillo y fraternal, sobre la adulación mutua con la que los autores se consuelan entre sí y se hieren! Estas no adulan. No me asombra que estos hombres vayan a ver a Cromwell, a Cristina, a Carlos II, a Jacobo I y al Gran Turco, pues son, en su elevación, iguales a los reyes, y han de notar el tono servil que tienen las conversaciones en el mundo. Tienen que ser siempre una bendición del cielo para los príncipes, pues se enfrentan a ellos, un rey a otro rey, sin reverencias ni concesiones, y ofrecen a una naturaleza elevada la novedad y satisfacción de la resistencia, de la simple humanidad, del compañerismo equilibrado y de las ideas nuevas. Cuando se marchan, dejan tras de sí hombres más sabios y superiores. Tales almas nos hacen pensar que la sinceridad es más excelsa que la adulación. Habéis de tratar al hombre y a la mujer con tanta sencillez que los obliguéis a la máxima sinceridad y destruyáis toda esperanza de trataros con ligereza. Es el mayor cumplido que podéis ofrecer. Su «más descollada alabanza», decía Milton, «no es lisonja, y su más parco consejo es una suerte de alabanza».

La unión del hombre y de lo divino en todo acto del alma es siempre inefable. La persona más llana que, en su integridad, adora a Dios, se convierte en Dios. Sin embargo, el influjo de este yo, más alto y universal, es por siempre mejor e insondable. Inspira pasmo y admiración. ¡Qué cara y reconfortante para el hombre surge la idea de la divinidad, que puebla el lugar solitario y borra las cicatrices de nuestros errores y decepciones! Cuando hemos dejado atrás a nuestro dios de la tradición y terminado con nuestro dios de la retórica, puede la deidad inflamarnos el corazón con su presencia. Entonces acontece el desdoblamiento del corazón; más aún, es la ampliación infinita de este con una fuerza que puede hacerlo llegar hasta un nuevo infinito. Inspira en el hombre una confianza infalible. Este no tiene la convicción, sino la visión, de que lo mejor es lo más cierto, y en ese pensamiento puede descartar fácilmente todas las incertidumbres y miedos particulares y postergar, hasta la revelación inequívoca del tiempo, la solución a sus misterios personales. Está seguro de que su bienestar le es querido al corazón del ser. En presencia de la ley en su mente, se ve inundado por una confianza tan universal que barre en su curso todos los valiosos anhelos y los proyectos más estables de la condición mortal. Cree que no puede escapar de su bien. Las cosas que de verdad son para vosotros gravitan hacia vosotros. Vais corriendo a ver a vuestro amigo. Que vuestros pies corran, pero no es necesario que vuestra mente lo haga. Si no lo encontráis, ¿no convendréis acaso que ha sido mejor así?, pues hay un poder que, igual que existe en vosotros, existe también en él, y, por lo tanto, podría reuniros, si así correspondiera. Os estáis preparando con entusiasmo para ir a prestar un servicio al que os invitan vuestro talento y vuestra apetencia, el amor hacia los hombres y la esperanza de la fama. ¿No se os ha ocurrido que no tenéis ningún derecho a ir, a menos que estéis igualmente dispuestos a que se os impida hacerlo? ¡No dudéis de que, mientras estéis vivos, todo sonido proferido en este redondo planeta que debáis oír resonará en vuestro oído! Todo proverbio, todo libro, todo lema que deba ser vuestro para ayudaros o consolaros llegará con certeza hasta vuestra casa por caminos directos o serpenteantes. Os rodeará con sus brazos todo amigo al que ansíe no vuestra voluntad descabellada, sino vuestro corazón grande y dulce. Y esto, porque vuestro corazón es el corazón de todos; no existe en ningún lugar de la naturaleza ninguna válvula, ningún muro, ninguna intersección, sino una misma sangre que fluye ininterrumpida en una circulación incesante a través de todos los hombres, igual que el agua del planeta es un único mar y, si se mira bien, su marea es una sola.

Que el hombre aprenda la revelación que ofrecen la naturaleza y el pensamiento para su corazón; y en concreto, que lo más alto reside en él, que las fuentes de la naturaleza están en su propia mente, si existe en ella el sentimiento del deber, pero que, si desea conocer las palabras que pronunció el espíritu divino, debe «entrar en su aposento y cerrar la puerta», como dijo Jesús. Dios no se manifiesta a los cobardes. Debe escucharse a sí mismo y apartarse de todos los acentos de la devoción ajena. Incluso las oraciones de los otros le resultarán perjudiciales hasta que haya creado las suyas propias. Nuestra religión se sostiene, groseramente, en la cifra de fieles. Siempre que se apela —por muy indirectamente que se haga— a la cifra, se está proclamando que la religión no existe. El que considera a la divinidad un pensamiento dulce y envolvente no cuenta a quienes lo rodean. Cuando estoy en esa presencia, ¿quién va a atreverse a entrar? Cuando reposo en absoluta humildad, cuando ardo de puro amor, ¿qué pueden decir Calvino o Swedenborg?

No supone diferencia alguna que se apele a muchos o a uno. La fe que se basa en la autoridad no es fe. El recurso a la autoridad mide la decadencia de la religión, el abandono del alma. La posición que los hombres han dado a Jesús, desde hace muchos siglos, es una posición de autoridad. Los define a ellos. No puede modificar las verdades eternas. El alma es grande y sencilla. No adula, no sigue: nunca se apela a sí misma. Cree en sí misma. Ante las posibilidades inmensas del hombre, toda mera experiencia, toda biografía pasada, por impecables y santas que sean, se encogen. Ante ese cielo que nuestros presentimientos profetizan, no nos resulta fácil alabar ninguna forma de vida que hayamos visto o sobre la que hayamos leído. Afirmamos no solo que tenemos pocos grandes hombres, sino que, en términos absolutos, no tenemos ninguno, no tenemos historia ni constancia algunas de caracteres o modos de vida que nos satisfagan por completo. Estamos obligados a aceptar, con una pizca de tolerancia, a los santos y semidioses venerados por la historia. Aunque en nuestros momentos de soledad sacamos de su recuerdo una nueva fuerza, nos fatigan e invaden cuando se imponen a nuestra atención, como hacen los irreflexivos y rutinarios. El alma se entrega sola, original y pura, al Solo, Original y Puro, quien, con esa condición, vive, guía y habla encantado a través de ella. Y entonces es feliz, joven y diestra. No es sabia, pero ve a través de todas las cosas. No se la considera religiosa, pero es inocente. Percibe que la luz es suya y que la hierba crece y la roca cae en virtud de una ley que es inferior a su naturaleza y que depende de ella. Mirad, dice, he nacido a la inmensa mente universal. Yo, que soy imperfecta, adoro mi propia Perfección. Estoy abierta, de algún modo, a la gran alma, y así vigilo el sol y las estrellas y las entiendo como bellos accidentes que cambian y pasan. Las oleadas de naturaleza imperecedera se adentran en mí cada vez más, y me vuelvo pública y humana en mis observaciones y actos. Así llego a vivir en pensamientos y a actuar con energías que son inmortales. Al venerar de este modo el alma y entender, como decían los antiguos, que «su belleza es inagotable», el hombre verá que el mundo es el milagro perenne que elabora el alma, y se asombrará menos ante maravillas concretas; aprenderá que no hay ninguna historia profana, que todas las historias son sagradas, que el universo está representado en un átomo, en un instante. Dejará de tejer una vida mancillada, hecha de jirones y parches, y vivirá en una unidad divina. Se apartará de lo vulgar y lo frívolo que haya en su vida y se contentará con cualquier lugar y cualquier servicio que pueda prestar. Afrontará con sosiego el día venidero y se abandonará a esa confianza que trae a lo divino consigo y que, de ese modo, contiene ya todo el futuro en el fondo del corazón.

CÍRCULOS

La Naturaleza se centra en los círculos,
y sus orgullosas efímeras,
que raudas acuden a la superficie y al exterior,
donde estudian el perfil de la esfera,
pues saben qué sentido tiene aquello:
se acerca una nueva génesis.

El ojo es el primer círculo, el horizonte que forma es el segundo, y por toda la naturaleza se repite sin fin esta figura primaria. Es el emblema más elevado en el código del mundo. San Agustín describió la naturaleza de Dios como un círculo cuyo centro estaba en todas partes, y su circunferencia, en ninguna. Nos pasamos la vida leyendo el sentido abundante de esta forma primera. Ya hemos deducido una enseñanza moral al considerar el carácter circular o compensatorio de toda acción humana. Ahora vamos a trazar otra analogía: que cualquier acción admite ser superada. Nuestra vida es un aprendizaje hacia la verdad que dicta que alrededor de cada círculo puede trazarse otro y que en la naturaleza no existe fin alguno, sino que todo fin es un comienzo: siempre hay otra aurora que despunta y bajo todo abismo se abre otro más profundo.

Este hecho, en la medida en que simboliza el sentido moral de lo Inalcanzable, el Perfecto esquivo en torno al cual no pueden juntarse jamás las manos del hombre, a la vez inspiración y condena de todo éxito, puede sernos muy útil para conectar muchas ilustraciones de la capacidad humana en todos los aspectos.

En la naturaleza no hay elementos fijos. El universo es fluido y volátil. La permanencia no es más que una cuestión de grados. Nuestra esfera, vista por Dios, es una ley transparente, no una masa de hechos. La ley disuelve el hecho y lo mantiene fluido. Nuestra cultura es el predominio de una idea que arrastra tras de sí este tren de ciudades e instituciones. Si ascendemos hasta otra idea, estas desaparecerán. La escultura griega se funde por completo, como si las suyas hubieran sido estatuas de hielo; aquí y allá, quedan una figura o un fragmento solitarios, igual que en junio y julio vemos aún manchas y jirones de nieve en las hondonadas frías y las hendiduras de la montaña. Pues el genio que la creó está creando ahora otra cosa. Las letras griegas duran un poco más, pero ya están atravesando la misma sentencia y cayendo al foso inevitable que la creación de pensamiento nuevo abre para todo lo que es viejo. Los continentes nuevos se construyen a partir de las ruinas de un planeta viejo; las nuevas razas se alimentan de la descomposición de la anterior. Las artes nuevas destruyen las antiguas. Pensemos en la inversión de capital en acueductos, inútiles ya por la hidráulica; las fortificaciones, por la pólvora; las carreteras y canales, por el ferrocarril; las velas, por el vapor; el vapor, por la electricidad.

Admiráis esta torre de granito, que soporta las heridas de tantos siglos. Sin embargo, este muro inmenso lo construyó una pequeña mano en movimiento, y lo que construye es mejor que lo que es construido. La mano que lo erigió puede derribarlo mucho más rápido. Y mejor que la mano, y más diestro, fue el pensamiento invisible que lo concibió; de este modo, tras el basto resultado siempre hay una causa excelsa que, vista de cerca, es a su vez el resultado de una causa aún más excelsa. Todo parece permanente hasta que se conoce su secreto. Una rica hacienda les parece a las mujeres una realidad firme y duradera; a un mercader, algo que se crea fácilmente con cualquier propiedad, y que fácilmente se pierde. Un huerto, una buena haza, un buen terreno le parecen al ciudadano algo inmutable, como una mina de oro o un río, pero para un gran agricultor no son mucho más inmutables que el estado del cultivo. La naturaleza aparenta ser provocativamente estable y secular, pero tiene una causa, igual que todo lo demás, y, cuando entiendo esto, los campos mantienen su extensión inamovible, las hojas siguen siendo, una a una, igual de importantes? La permanencia es una cuestión de grados. Todo es intermedio. Las lunas no suponen más límites para el poder espiritual que las pelotas con las que juegan los niños.

La clave para todo hombre es su pensamiento. Por muy recio y desafiante que parezca, tiene un timón al que obedece, que es la idea según la cual se ordenan sus hechos. Solo es posible reformarlo enseñándole una idea nueva que se imponga a la suya. La vida del hombre es un círculo que no deja de evolucionar; partiendo desde un anillo tan pequeño que resulta imperceptible, se va expandiendo con rapidez en todas direcciones hasta convertirse en círculos nuevos y más grandes, y de manera incesante. El alcance de esta generación de círculos, una rueda sin rueda, depende de la fuerza o la verdad de cada alma, pues es inercia de cada pensamiento, tras formarse en una ola circular de circunstancias —como, por ejemplo, un imperio, las reglas de un arte, un uso local, un rito religioso—, apilarse sobre aquella cresta, solidificarse y anquilosarse en la vida. No obstante, si el alma es rápida y fuerte, estalla sobre ese límite por todas partes y expande otra órbita sobre el inmenso abismo, que también crece hasta formar una gran ola que, de nuevo, intenta detenerse y quedarse trabada. Pero el corazón se niega a dejarse apresar; en sus primeros latidos, los más estrechos, ya tiende hacia afuera con una fuerza enorme y con inmensas e innumerables expansiones.

Todo hecho definitivo es solo el primero de una nueva serie. Toda ley general, solo un hecho concreto de alguna ley más general que aún ha de revelarse. No existe el afuera, no hay muros que nos encierren ni circunferencia que nos rodee. El hombre concluye su historia: ¡qué buena!, ¡qué definitiva!, ¡qué nuevo rostro coloca sobre todas las cosas! El hombre llena el cielo. Mirad: en el otro lado también se levanta un hombre que traza un círculo en torno al círculo que acabábamos de declarar como el contorno del globo. Y, entonces, el primero que habló ya no es un hombre, sino solo aquel que antes tomó la palabra. Su única rectificación es trazar de inmediato un círculo por fuera del de su antagonista. Esto es lo que hacen, solos, los hombres. El resultado del día de hoy, que persigue a la mente y del que es imposible escapar, quedará ahora abreviado en una palabra, y el principio que parecía explicar la naturaleza se incluirá, por su parte, como un ejemplo de una generalización más atrevida. En el pensamiento de mañana existe la capacidad de levantar todos vuestros credos, todas las literaturas de las naciones, y de conduciros hacia un cielo que ningún sueño épico ha descrito aún. Cada hombre no es tanto un obrero del mundo como una sugerencia de lo que debería ser. Los hombres caminan como profecías de la siguiente era.

Paso a paso, ascendemos por esta misteriosa escalera; los peldaños son acciones, la nueva perspectiva es poder. Cada resultado se ve amenazado y juzgado por el que lo sigue. Cada uno parece quedar contradicho por el nuevo; y el nuevo únicamente lo limita. La afirmación nueva recibe siempre el odio de la vieja, y a quienes viven instalados en esta última se les presenta como una sima de escepticismo. Pero el ojo pronto se acostumbra a ella, pues ambos son efectos de una misma causa; luego aparecen su inocencia y su ventaja y, en breve, una vez agotada su energía, palidece y mengua ante la revelación del nuevo momento.

No tengáis miedo de una nueva generalización. ¿El hecho parece vulgar y material y amenaza con deteriorar vuestra teoría del espíritu? No os resistáis; como mucho, conseguirá perfeccionar y elevar vuestra visión de la materia.

En relación con lo humano no hay cuestiones fijas, al menos si nos remitimos a la conciencia. Todo hombre piensa que no se le entiende completamente, y, si existe en él alguna verdad, si reposa al fin sobre el alma divina, no concibo que pueda ser de otro modo. Ha de sentir que el último aposento, el último gabinete, no se ha abierto nunca; siempre queda un residuo desconocido, imposible de analizar. Es decir, todo hombre cree que tiene una posibilidad mayor.

Nuestros estados de ánimo no se dan credibilidad los unos a los otros. Hoy estoy lleno de pensamientos y puedo escribir lo que me plazca. No veo motivos por los que no haya de tener la misma idea, la misma capacidad de expresión, mañana. Lo que escribo, mientras lo escribo, parece la cosa más natural del mundo, pero ayer veía una deprimente vacuidad en esta misma dirección en la que ahora tanto veo, y de aquí a un mes, no lo dudo, me preguntaré quién era aquel que escribió tantas páginas de corrido. ¡Ay de esta débil fe, de esta voluntad poco enérgica, de este inmenso reflujo de una ingente marea! Soy la divinidad en la naturaleza; soy una hierba junto al muro.

El esfuerzo continuo por elevarse sobre sí mismo, por crear un cénit sobre su última cumbre, se revela en las relaciones de un hombre. Ansiamos la aprobación, pero no podemos perdonar a quien aprueba. Lo dulce de la naturaleza es el amor; sin embargo, si tengo un amigo, me atormentan mis imperfecciones. El amor por mí mismo acusa a la otra parte. Si la elevación de mi amigo le hiciera despreciarme, yo podría quererlo y ascender, por medio de mi afecto, a nuevas cumbres. El crecimiento de un hombre se ve en los coros sucesivos de sus amigos. Por cada amigo que pierde a causa de la verdad, gana otro mejor. Mientras paseaba por el bosque y cavilaba sobre mis amigos, pensé: ¿por qué tengo que jugar con ellos a este juego de idolatría? Conozco y veo muy bien, cuando no me ciego voluntariamente, los veloces límites de las personas tenidas por valiosas y elevadas. Son ricas, nobles e importantes de acuerdo con la generosidad de nuestro discurso, pero la verdad es triste. ¡Oh, sagrado Espíritu, a quien renuncié por estas, ellas no son tú! Toda consideración personal que avalamos nos cuesta un estado celestial. Vendemos los tronos de los ángeles por un placer breve y turbulento.

¿Con qué frecuencia hemos de aprender esta lección? Los hombres dejan de interesarnos cuando averiguamos sus limitaciones. El único pecado es su propia acotación. En cuanto descubrimos las cortapisas de un hombre, termina todo trato con él. ¿Tiene talentos? ¿Tiene iniciativa? ¿Tiene conocimientos? Da igual. Ayer os resultaba infinitamente seductor y atractivo, una gran esperanza, un mar en el que nadar; ahora habéis encontrado sus costas, ese mar os parece un estanque y no os importa si no lo volvéis a ver nunca.

Cada nuevo paso que damos en el pensamiento reconcilia veinte hechos en apariencia discordantes, como expresiones de una ley. A Aristóteles y Platón se los considera los guías de sendas escuelas. Un hombre sabio verá que Aristóteles platoniza. Si se retrocede un paso más en el pensamiento, las opiniones contrarias se reconcilian al verse como los dos extremos de un mismo principio, y nunca podemos retroceder tanto como para descartar una visión aún más elevada.

Cuidado cuando la divinidad deja suelto un pensador en este planeta, pues entonces todas las cosas están en peligro. Es como cuando se produce una conflagración en una gran ciudad y nadie sabe qué lugar es seguro ni cuánto abarca. No hay ni un ápice de ciencia al que mañana no pueda darse la vuelta; no hay ninguna reputación literaria, ninguno de esos que se conocen como grandes nombres para la eternidad, que no pueda revisarse y condenarse. Las esperanzas mismas del hombre, los pensamientos que brotan de su corazón, la religión de las naciones, los modos y la moral de la humanidad están a merced de una nueva generalización. Esta es siempre un nuevo influjo de la divinidad en la mente. De ahí la emoción que la acompaña.

El valor consiste en la capacidad de recuperarse, de forma que a un hombre le sea imposible darle la vuelta, superarlo, y que, en cambio, se mantenga firme allí donde os plazca colocarlo. Esto solo puede suceder si prefiere la verdad a su aprehensión anterior de la verdad, y si la acepta, consciente, venga de donde venga; si tiene la audaz convicción de que sus leyes, sus relaciones con la sociedad, su cristiandad, su mundo pueden ser desbancados y morir en cualquier momento.

En el idealismo hay grados. Primero aprendemos a jugar con él de manera académica, igual que el imán antes fue juguete. Luego vemos, en el apogeo de la juventud y la poesía, que podría ser cierto, que de hecho es cierto en brillos y fragmentos. Después, su rostro se vuelve adusto y grande, y vemos que debe ser cierto. Ahora se muestra ético y práctico. Aprendemos que Dios ES, que está en mí y que todas las cosas son sombras suyas. El idealismo de Berkeley no es más que una manifestación tosca del idealismo de Jesús, que, a su vez, es una manifestación tosca del hecho de que toda la naturaleza es el rápido fluir de la bondad al ejecutarse y organizarse a sí misma. De manera mucho más evidente, la historia y el estado del mundo en un momento dado dependen de la clasificación intelectual que exista entonces en las mentes de los hombres. Las cosas que ahora son preciadas para estos lo son por las ideas que han surgido en su horizonte mental, y que causan el orden actual de los hechos, del mismo modo que un árbol produce manzanas. Un nuevo grado de cultura revolucionaría al instante todo el sistema de búsquedas del ser humano.

La conversación es un juego de círculos. De ella, extraemos los *termini* que limitan el silencio común por cada lado. Los integrantes no han de juzgarse de acuerdo con el espíritu del que participan e incluso expresan en este Pentecostés. Mañana habrán retrocedido con respecto a esta señal del nivel máximo del agua. Mañana los veréis encorvados bajo sus viejas albardas. Sin embargo, disfrutemos de estas llamas repartidas mientras refulgen en nuestras paredes. Cuando cada nuevo orador enciende una luz inédita, nos emancipa de la opresión del último orador para oprimirnos con la grandeza y exclusividad de su propio pensamiento, y luego da paso a otro redentor, con el que parecemos recuperar nuestros derechos, convertirnos en hombres. ¡Oh, qué verdades profundas y solo ejecutables en eras y orbes se suponen en el anuncio de cada verdad! En los tiempos baldíos, la sociedad se sienta fría, como una estatua. Esperamos todos, vacíos, tal vez conscientes de que podemos estar llenos, rodeados de símbolos poderosos que para nosotros no son símbolos, sino prosa y juguetes triviales. Después llega el dios y convierte las estatuas en hombres ardientes y, con un centelleo de su mirada, prende el velo que lo cubría todo y el significado del mobiliario mismo, de la taza y su platillo, de la silla, del reloj y del baldaquín queda manifiesto. Los hechos que se cernían, inmensos, en las nieblas de ayer —la propiedad, el clima, la crianza, la belleza personal y cosas similares— han cambiado extrañamente de proporción. Todo lo que considerábamos asentado se sacude y agita, y literaturas, ciudades, climas y religiones abandonan sus cimientos y bailan ante nuestros ojos. ¡Y, sin embargo, ved aquí de nuevo la rápida circunscripción! Por bueno que sea el discurso, el silencio es mejor, y lo avergüenza. La extensión del discurso indica la distancia de pensamiento entre el orador y el oyente. Si tuvieran un entendimiento perfecto en cualquier punto, después no harían falta palabras. Si fueran a una en todas las partes, no se necesitarían explicaciones.

La literatura es un punto fuera de nuestro círculo hodierno a través del cual es posible trazar uno nuevo. La literatura sirve para proporcionarnos una plataforma desde la que disfrutar de una vista de nuestra vida actual, un agarre con el que podemos moverla. Nos llenamos de saberes antiguos, nos instalamos lo mejor que podemos en casas griegas, púnicas, romanas, solo para poder ver más sabiamente los hogares y maneras de vivir francesas, inglesas y estadounidenses. De igual modo, vemos mejor la literatura desde el centro de la naturaleza salvaje, o desde el estrépito de los negocios, o desde una religión elevada. El campo no puede verse bien desde dentro del campo. El astrónomo debe usar el diámetro de la órbita terrestre como base para hallar el paralaje de una estrella.

Por lo tanto, apreciamos al poeta. Todos los argumentos y la sabiduría no están en la enciclopedia, ni en el tratado de metafísica, ni en los libros de teología, sino en el soneto o en la obra dramática. En mi trabajo diario, tiendo a repetir los pasos de siempre y no creo en la fuerza curativa, en la capacidad de cambio y reforma. Pero algún Petrarca o Ariosto, colmado del vino nuevo de su imaginación, me escribe una oda o un impetuoso romance, lleno de ideas y acciones atrevidas. Me golpea y despierta con sus estridencias, deshace toda mi cadena de costumbres, y abro los ojos a mis propias posibilidades. Pone alas en los costados de la madera, vieja y sólida, del mundo, y de nuevo soy capaz de elegir un camino recto en la teoría y la práctica.

La misma necesidad tenemos de disfrutar de una panorámica de la religión del mundo. Nunca veremos el cristianismo desde el catecismo; desde los pastos, desde un bote en el estanque, entre el canto de las aves del bosque, tal vez sí podamos. Lavados por la luz y el viento elementales, impregnados del mar de bellas formas que nos ofrece la montaña, quizá consigamos posar de nuevo una mirada apropiada sobre la biografía. El cristianismo goza del afecto, con razón, de lo mejor de la humanidad; sin embargo, jamás ha habido un joven filósofo cuya educación haya pasado por la Iglesia cristiana y que no tenga en especial estima estas valientes palabras de Pablo: «Y cuando todo haya sido sometido a Él, entonces también el Hijo se sujetará a Aquel que sujetó a Él todas las cosas, para que Dios sea todo en todos». Las reivindicaciones y virtudes de las personas no han de ser nunca tan grandes y bienvenidas; el instinto del hombre empuja con vigor hacia adelante, hacia lo impersonal e ilimitado, y se arma de buen grado contra el dogmatismo de los fanáticos con esta generosa palabra salida del propio libro.

El mundo natural puede concebirse como un sistema de círculos concéntricos, y de cuando en cuando detectamos en la naturaleza leves dislocaciones que nos hacen saber que esta superficie sobre la que ahora nos encontramos no está fija, sino que se va deslizando. Esta diversidad de tenaces cualidades, esta química y vegetación, estos metales y animales, que parecen existir para sí mismos, son solo medios y métodos: palabras de Dios, e igual de fugaces que todas las palabras. ¿Ha aprendido su oficio el naturalista o el químico que ha explorado la gravedad de los átomos y las afinidades electivas y que aún no ha discernido la ley más profunda, de la que esta es solo una afirmación parcial o aproximada, a saber, que los iguales se atraen y que los bienes que os corresponden gravitan hacia vosotros y no es necesario perseguirlos con penas y dolores? Y, sin embargo, esa afirmación también es aproximada y no definitiva. La omnipresencia es un hecho más elevado. El amigo y el hecho no han de atraerse hacia sus compañeros a través de sutiles canales subterráneos, sino que, bien entendidas, estas cosas proceden de la generación eterna del alma. La causa y el efecto son dos caras de un mismo hecho.

La misma ley de la procesión eterna abarca todo aquello que llamamos virtudes, y extingue cada una de ellas a la luz de una mejor. El gran hombre no será prudente en el sentido habitual; toda su prudencia lo será por deducción de su grandeza. Pero a cada cual le corresponde ver, cuando sacrifica la prudencia, a qué dios la dedica; si es a la comodidad y al placer, más le habría valido seguir siendo prudente; si es a una gran confianza, bien puede ahorrarse la mula y las alforjas quien tiene un carro alado. Geoffrey recurre a sus botas al atravesar el bosque para protegerse los pies de las mordeduras de serpiente; Aaron no piensa nunca en ese peligro. Pasan muchos años y ninguno de los dos sufre ese tipo de accidente. Y, aun así, a mí me parece que, con cada precaución que toméis frente a tal perjuicio, os estáis poniendo a merced de ese mismo perjuicio. Supongo que la máxima prudencia es paradójicamente la mínima prudencia. ¿Es este un salto demasiado apresurado desde el centro hacia el límite de nuestra órbita? Pensad en cuántas veces hemos de recurrir otra vez a arduos cálculos antes de empezar a reposar en el gran sentimiento, o convertir en nuevo centro lo que hoy es el margen. Además, vuestro sentimiento más audaz es conocido por el hombre más humilde. El pobre y el vulgar tienen su propia manera de expresar, igual de bien que vosotros, las últimas verdades de la filosofía. «Bendita sea la nada» y «las cosas están mejor cuanto peor estén» son dichos que expresan el trascendentalismo de la vida corriente.

La justicia de un hombre es la injusticia de otro; la belleza de un hombre, la fealdad de otro; la sabiduría de un hombre, la estupidez de otro; igual que si se contemplaran los mismos objetos desde un punto más elevado. Un hombre cree que la justicia consiste en pagar las deudas y aborrece sin mesura a otro que es muy negligente en sus obligaciones y hace esperar tediosamente al acreedor. Pero ese segundo hombre tiene su propia manera de ver las cosas, y se pregunta: ¿qué deuda debo pagar antes, la deuda con el rico o la deuda con el pobre?, ¿la deuda de dinero o la deuda de reflexión con la sociedad y de genio con la naturaleza? Para el comerciante no hay más principio que la aritmética. Para mí, el comercio tiene una importancia trivial, pero el amor, la fe, la sinceridad de carácter y la aspiración del hombre son sagrados. No puedo desligar una obligación, como hace aquel, de todas las demás, y concentrar mecánicamente mis esfuerzos en el pago de dinero. Dejadme seguir con mi vida y descubriréis que, aunque más lento, el avance de mi carácter liquidará todas estas deudas sin injusticia para con exigencias superiores. Si un hombre debe dedicar todos sus esfuerzos a abonar pagarés, ¿no sería esto una injusticia? ¿Acaso su deuda es solo de dinero y todas las exigencias que se hagan sobre él han de aplazarse por mor de las de un arrendador o un banquero?

Ninguna virtud tiene un carácter finalista, todas son puntos de inicio. Las virtudes de la sociedad son vicios del santo. El terror de la reforma es el descubrimiento de que debemos arrojar nuestras virtudes, o lo que siempre hemos considerado como tales, al mismo pozo que ha consumido nuestros vicios más groseros:

Perdonad sus delitos, también sus virtudes,
esas faltas más nimias, medio conversas al bien.

El poder superior de los instantes sagrados es que abolen también nuestros remordimientos. Me acuso a diario de pereza e inutilidad, pero, cuando las oleadas de lo divino fluyen hacia mi interior, dejo de pensar en el tiempo perdido. Dejo de calcular mi posible logro según lo que me quede del mes o del año, pues estos momentos otorgan una suerte de omnipresencia y omnipotencia que no pide duración alguna, sino que procura que la energía de la mente sea proporcional al trabajo que ha de hacerse fuera del tiempo.

¡Y así, oh, filósofo circular —oigo que algún lector exclama—, has llegado a un pirronismo excelso, a una equivalencia e indiferencia de todas las acciones, y de buen grado nos enseñarás que, si somos sinceros, en verdad, nuestros delitos pueden ser alegres piedras con las que construir el templo del auténtico Dios!

No tengo interés por justificarme. Reconozco que me encanta ver el predominio del principio sacarino en toda la naturaleza vegetal, tanto como contemplar en la moral esa inundación desatada del principio del bien en toda grieta y agujero que el egoísmo ha dejado abiertos, en efecto, en el propio egoísmo y el pecado, de tal forma que ningún mal es puro y ni siquiera en el infierno mismo faltan satisfacciones extremas. Pero, para que nadie se lleve a engaño cuando sigo mi propio criterio y obedezco mis caprichos, permítaseme recordarle al lector que yo solo estoy experimentando. No hay que darle el más mínimo valor a lo que hago ni el más mínimo descrédito a lo que no, como si pretendiera yo determinar que algo es verdadero o falso. Lo desestabilizo todo. Para mí no hay ninguna verdad sagrada, ni tampoco profana; me limito a ensayar, soy un investigador incesante sin Pasado alguno a mis espaldas.

Sin embargo, este movimiento y progresión incesantes del que participan todas las cosas no sería nunca perceptible para nosotros de no ser por el contraste con cierto principio de fijeza o estabilidad en el alma. Mientras la generación eterna de círculos avanza, el generador eterno permanece. Esa vida central es, de algún modo, superior a la creación, superior al conocimiento y al pensamiento, y contiene todos sus círculos. Se afana constantemente por crear una vida y un pensamiento tan grandes y excelentes como ella misma, pero en vano, pues aquello que se hace indica cómo hacer algo mejor.

Así pues, no hay sueño, pausa ni preservación algunos, sino que todo se renueva, germina y brota. ¿Por qué hemos de traer harapos y antiguallas al momento presente? La naturaleza aborrece lo viejo, y la vejez parece la única enfermedad (todas las demás desembocan en ella). Le damos muchos nombres: fiebre, destemplanza, demencia, necedad e infracción, pero todas son formas de la vejez. Son reposo, conservadurismo, apropiación, inercia, pero en ningún caso novedad ni progresión. Cada día tenemos más canas. No veo la necesidad. Mientras estemos conversando con lo que hay por encima de nosotros, no envejecemos, sino que rejuvenecemos. La infancia, la juventud, receptivas, entusiastas, con una mirada espiritual dirigida hacia arriba, no se dan importancia alguna y se abandonan a las enseñanzas que fluyen por doquier. El hombre y la mujer septuagenarios creen que lo saben todo, ya han sobrevivido a sus esperanzas, renuncian a la aspiración, aceptan lo real como necesario y menosprecian a los jóvenes. Han de convertirse en órganos del Espíritu; han de ser amantes; han de contemplar la verdad, y se elevará su mirada, se les suavizarán las arrugas, volverán a estar perfumados de esperanza y poder. Esta vejez no debe entrar a hurtadillas en la mente humana. En la naturaleza, todos los momentos son nuevos; el pasado siempre termina engullido y olvidado; lo único sagrado es lo venidero. No hay nada seguro salvo la vida, la transición, el espíritu vital. No se puede atar ningún amor mediante juramento o pacto para garantizarlo frente a un amor más elevado. No hay ninguna verdad tan sublime que no pueda resultar trivial mañana a la luz de nuevos pensamientos. La gente quiere asentarse, pero solo en la medida en que alberga inquietud habrá alguna esperanza para ella.

La vida es una serie de sorpresas. Hoy no adivinamos el ánimo, el placer, el poder de mañana, cuando estamos construyendo nuestro ser. De estados inferiores, de actos rutinarios y sensoriales, podemos decir algo, pero la divinidad esconde sus obras maestras, los crecimientos totales y los movimientos universales del alma: son incalculables. Puedo saber que la verdad es divina y útil, aunque no imaginarme cómo va a ayudarme, pues ser es la única manera de saber. La nueva posición del hombre que avanza tiene todas las capacidades de la anterior, pero son todas nuevas. Lleva en su pecho todas las energías del pasado, pero es, en sí misma, una exhalación de la mañana. Me deshago en este nuevo momento del conocimiento que había acaparado antes, por vacuo y vano. Ahora, por vez primera, parezco conocer algo adecuadamente. No sabemos qué significan las palabras más sencillas, salvo cuando amamos e inspiramos.

La diferencia entre el talento y el carácter es que uno supone la habilidad para conservar el recorrido viejo y trillado, y el otro la capacidad y la valentía para abrir otro camino hacia fines nuevos y mejores. El carácter crea un presente abrumador: un momento jubiloso y decidido, que fortalece a todos los acompañantes al hacerles ver que hay muchas cosas posibles y excelentes sobre las que no se había pensado. El carácter atenúa la impresión de los acontecimientos concretos. Cuando vemos al conquistador, no pensamos mucho en ninguna batalla o logro específicos. Vemos que habíamos exagerado la dificultad. Le resultó fácil. El gran hombre está a salvo de convulsiones y tormentos; los acontecimientos pasan sobre él sin dejar mucha huella. A veces dicen algunos: «Mirad lo que he atravesado, mirad mi triunfo absoluto sobre estos negros acontecimientos». No es así si aún me siguen recordando el negro acontecimiento. La auténtica conquista es hacer que la calamidad se disipe y desaparezca como una nube temprana de resultado insignificante en una historia inmensa que no deja de avanzar.

Lo único que buscamos con deseo insaciable es olvidarnos de nosotros mismos, sorprendernos de lo que tenemos, perder el recuerdo sempiterno y hacer algo sin saber cómo ni por qué: en resumen, trazar un nuevo círculo. Nunca se ha logrado nada grande sin entusiasmo. El camino de la vida es maravilloso, y es así gracias al abandono. Los grandes momentos de la historia son aquellos en los que se entretejen las habilidades de la materialización con la fuerza de las ideas, como las obras de genio y religión. «Nunca se va tan lejos», dijo Oliver Cromwell, «como cuando no se sabe adónde se va». Los sueños y la ebriedad, el consumo de opio y alcohol son la apariencia y la falsificación de este genio profético, y de ahí la peligrosa atracción que despiertan en los hombres. Por el mismo motivo piden la ayuda de pasiones desbocadas, como en la caza y la guerra, para remedar de algún modo estas llamas y generosidades del corazón.

EL DESTINO

Hubo un invierno, hace unos cuantos años, en el que en nuestras ciudades surgió la propensión a debatir sobre la teoría de la Edad. Por una extraña coincidencia, cuatro o cinco hombres notables estuvieron leyendo sendos discursos sobre el Espíritu de los Tiempos ante los ciudadanos de Boston y Nueva York. Resultó que el asunto tuvo la misma relevancia en algunos panfletos y periódicos importantes publicados en Londres esa misma temporada. Para mí, no obstante, la cuestión de los tiempos se resolvió sola en una pregunta práctica sobre la manera de conducirse en la vida. ¿Cómo he de vivir? Somos incompetentes a la hora de resolverla. Nuestra geometría no abarca las inmensas órbitas de las ideas predominantes, contemplando su regreso y conciliando su oposición. Solo podemos obedecer a nuestra propia polaridad. Nos parece bien especular y elegir nuestro rumbo si debemos aceptar un dictado irresistible.

En nuestros primeros pasos para conseguir lo que deseamos, nos topamos con limitaciones inamovibles. Nos impulsa la esperanza de reformar a los hombres. Tras muchos experimentos, nos damos cuenta de que debemos empezar antes, en el colegio. Pero los niños y las niñas no nos parecen seres dóciles; no sabemos hacer nada con ellos. Decidimos que no son de buena cepa y que debemos empezar nuestra reforma aún antes, en la procreación. Esto equivale a decir que existe un Destino, o unas leyes del mundo.

Pero, si existe un dictado irresistible, este se comprende a sí mismo. Si hemos de aceptar el Destino, no estamos menos obligados a afirmar la libertad, el significado del individuo, la grandeza del deber, el poder del carácter. Esto es cierto y eso otro también es cierto. Sin embargo, nuestra geometría no puede abarcar estos extremos y conciliarlos. ¿Qué podemos hacer? Al obedecer a cada pensamiento con franqueza, al pulsar o, si se prefiere, golpear cada cuerda, aprendemos por fin su poder. Con la misma obediencia ante otros pensamientos asimilamos los suyos, y así llega cierta esperanza razonable de armonizarlos. Estamos seguros de que, aunque no sepamos cómo, la necesidad se corresponde con la libertad; el individuo, con el mundo; mi polaridad, con el espíritu de los tiempos. El enigma de la edad tiene una solución particular para cada cual. Si se va a estudiar la propia época, debe hacerse con este método mediante el cual dedicarse, uno tras otro, a cada uno de los temas principales que conforman nuestro esquema de la vida humana, y, al indicar con rotundidad todo lo que resulta agradable a la experiencia propia y haciendo la misma justicia a las realidades contrarias de los demás, surgirán las verdaderas limitaciones. Cualquier exceso de énfasis por una parte habrá de corregirse, y se logrará un equilibrio justo.

Para ello, demos cuenta de la realidad con franqueza. Nuestro país, Estados Unidos, tiene la mala fama de ser superficial. Los grandes hombres, las grandes naciones no han sido fanfarrones ni bufones, sino observadores del terror de la existencia, y se han guarnecido para afrontarlo. El espartano, para quien su religión es su país, muere ante la majestad de este sin hacer ni una pregunta. El turco, que cree que su destino se escribe sobre una hoja de hierro en el momento de su llegada al mundo, se abalanza sobre el sable del enemigo con una determinación absoluta. El árabe y el persa aceptan de la misma manera el sino predeterminado:

En dos días, de nada sirve que huyas de tu sepultura,
ni el día que está determinado ni el día que no lo está;
el primero, no hay bálsamo ni médico que salvarte puedan,
como tú tampoco puedes, el segundo, aniquilar el Universo.

El hindú se coloca igual de firme bajo la rueda. Nuestros calvinistas de la última generación tenían una dignidad parecida. Sentían que el peso del Universo los mantenía anclados en su sitio. ¿Qué podían hacer ellos? Los hombres sabios sienten que hay algo que no se puede eludir hablando ni votando, una correa o un cinturón que ciñe el mundo:

> *Tan fuerte es el Destino, ministro máximo, que cumple en todas partes la providencia que le dicta Dios, de modo que acontecimientos que todos jurarían imposibles de suceder llegan a cumplirse tarde o temprano, aunque ello ocurra una sola vez en un milenio. A decir verdad, nuestras pasiones están gobernadas por una providencia superior, tanto en la guerra como en la paz, en el odio y en el amor.*
>
> Chaucer, *El cuento del caballero*

La tragedia griega expresaba el mismo sentir. «Lo que está predestinado es lo que va a suceder. La mente inmensa de Zeus no ha de transgredirse».

Los salvajes se aferran al dios local de una tribu o pueblo. También la amplia ética de Jesús se redujo enseguida a teologías de aldea, que predican una elección o favoritismo. Y, de cuando en cuando, una persona admirable, como Jung Stilling o Robert Huntington, cree en una Providencia de tres al cuarto, que, siempre que el buen hombre quiere una comida, hace que alguien llame a su puerta y le deje medio dólar. Pero la Naturaleza no actúa por sentimentalismo; no nos mima ni nos consiente. Hemos de saber ver que el mundo es hostil y arisco, y no le importa ahogar a un hombre o una mujer; antes bien, engullirá vuestro barco como si fuera una mota de polvo. El frío, al que poco preocupan las personas, hace hormiguear la sangre, entumece los pies, y congela a un hombre como si fuera una manzana. Las enfermedades, los elementos, la fortuna, la gravedad y el rayo no respetan a persona alguna. El comportamiento de la Providencia es un tanto rudo. La costumbre de la serpiente y la araña, el bocado del tigre y de otros seres que saltan con violencia, el crujido de los huesos de la presa en el bucle de la anaconda: todo esto forma parte del sistema, y nuestras costumbres no son distintas. Acabáis de cenar y, por mucho celo que se haya puesto en esconder el matadero a varios kilómetros de distancia, hay complicidad y razas privilegiadas como la nuestra que viven a expensas de otra. La Tierra puede sufrir impactos de cometas, perturbaciones procedentes de otros planetas, desgarros por terremotos y volcanes, alteraciones del clima, precesión de los equinoccios. Los ríos se secan al abrirse el bosque. El mar cambia de lecho. Caen a él ciudades y condados. En Lisboa, un terremoto mató a la gente como si fueran moscas. En Nápoles, hace apenas tres años, diez mil personas murieron aplastadas en cuestión de minutos. El escorbuto en la mar, la espada del clima en el oeste de África, en Cayena, en Panamá y en Nueva Orleans amputan vidas de masacre en masacre. Nuestra pradera occidental se estremece de fiebre. El cólera y la viruela han demostrado ser tan mortales para algunas tribus como una helada para los grillos, que, tras colmar de ruido el verano, quedan silenciados al bajar una noche las temperaturas. No pensemos en descubrir lo que no nos concierne, ni en contar cuántas especies de parásitos van colgadas de un *bombyx*, ni en toquetear en busca de huéspedes intestinales o mordedores infusorios, ni escudriñar en las oscuridades de grietas abisales (las formas del tiburón o del *labrus*, la mandíbula del león marino, pavimentada de devastadores dientes, las armas de la orca y otros guerreros ocultos en el mar son indicios de la ferocidad que alberga en su interior la naturaleza). Dejemos ya de negarlo aquí y allá. La Providencia sigue un camino salvaje, violento e incalculable hasta su final, y de nada sirve tratar de encubrir sus medios, enormes y diversos, ni de disfrazar a esa descomunal benefactora con una camisa limpia y un pañuelo blanco al cuello, como si fuera un estudiante en estado de gracia.

Y diréis: ¿acaso los desastres que amenazan a la humanidad son excepcionales, y no es necesario contar con que haya cataclismos todos los días? Pues sí, pero lo que ocurre una vez puede volver a ocurrir, y, mientras no esquivemos estos azotes, hemos de temerlos.

Pero estos golpes y ruinas nos resultan menos destructivos que el poder sigiloso de otras leyes que actúan día a día sobre nosotros. El destino es un sacrificio de los fines por los medios; el cuerpo tiranizando el carácter. La casa de fieras, o las formas y capacidades del espinazo, son un libro del destino; el pico del ave y el cráneo de la serpiente determinan de forma despótica sus límites. Lo mismo ocurre con la escala de las razas y de los temperamentos; lo mismo ocurre con el sexo; lo mismo ocurre con el clima; lo mismo ocurre con la reacción de talentos que recluyen la fuerza vital en determinadas direcciones. Cada espíritu crea su casa, pero, después, la casa limita al espíritu.

Las líneas gruesas son legibles para el obtuso. El cochero es hasta cierto punto frenólogo: os mira a la cara para saber si tiene asegurado el chelín. Una frente cupular denota una cosa; una barriga abultada, otra; una bizquera, una nariz chata, matas de pelo y el pigmento de la epidermis revelan cierto carácter. La gente parece envainada en su tosco organismo. Preguntad a Spurzheim[6], a los médicos o a Quetelet[7] si los temperamentos no deciden nada, o si, por el contrario, existe algo que no decidan. Leed en los manuales de medicina la descripción de los cuatro temperamentos y pensaréis que estáis leyendo vuestros propios pensamientos, esos que aún no habíais expresado. Buscad el papel que desempeñan en la sociedad los ojos negros y los ojos azules. ¿Cómo puede escapar un hombre de sus antepasados o extraer de sus venas la gota negra que recibió de la vida de su padre o de su madre? Es frecuente que en una familia parezca como si todas las cualidades de los progenitores se hubieran conservado en distintos tarros, con alguna cualidad dominante en cada hijo o hija de la casa, y, a veces, el temperamento puro, el elixir absoluto, el vicio familiar, se vierte en un individuo concreto y los demás quedan aliviados de él de manera proporcional. En ocasiones, vemos un cambio de expresión en nuestro acompañante y decimos que su padre o

[6] Johann Gaspar Spurzheim (1776-1832) fue un médico alemán que se convirtió en uno de los principales defensores del campo de la frenología.

[7] Lambert Adolphe Jacques Quetelet (1796-1874) fue un astrónomo y naturalista belga, además de matemático, sociólogo y especialista en el ámbito de las estadísticas. Se hizo célebre por desarrollar la idea de «hombre promedio» y aplicarla a las estadísticas sobre criminología.

su madre se han asomado a las ventanas de sus ojos, o, en algunos casos, un pariente lejano. En distintos momentos, un hombre representa a cada uno de varios ancestros, como si en la piel de todo hombre estuviéramos siete u ocho enrollados —siete u ocho ancestros como mínimo—, y estos constituyen la diversidad de notas para esa nueva pieza musical que es su vida. En la esquina de la calle, leéis la posibilidad de cada pasajero en el ángulo facial, en la tez, en la profundidad de su mirada. Su linaje la determina. Los hombres son lo que hicieron de ellos sus madres. Lo mismo es preguntarle a un telar que teje lino rústico por qué no hace cachemira que esperar poesía de un ingeniero o un descubrimiento químico de un corredor de bolsa. Pedidle al que está cavando una zanja que explique las leyes de Newton; los delicados órganos de su cerebro están afectados por el exceso de trabajo y la miseria que llevan cien años pasando de padre a hijo. Cuando alguien sale del útero de su madre, la puerta de los dones se cierra tras de él. Hace bien en valorar sus manos y pies, pues no tiene más que un par. De igual modo, solo tiene un futuro, y este viene ya predeterminado en sus lóbulos y descrito en su carita mofletuda, sus ojillos porcinos y su forma achaparrada. Ni todos los privilegios y leyes del mundo pueden interferir o contribuir en hacer de él un poeta o un príncipe.

Dijo Jesús: «Todo el que mire a una mujer para codiciarla ya ha cometido adulterio con ella». Pero es un adúltero antes incluso de haber mirado a la mujer, por lo superfluo de animal y la escasez de pensamiento que hay en su constitución. Quien los conozca a él o a ella en la calle verá que están ya listos para ser la víctima uno del otro.

En algunos hombres, la digestión y el sexo absorben la fuerza vital y, cuanto más fuertes son estos, más débil es el individuo. Cuantos más zánganos de estos perezcan, mejor para la colmena. Si, más adelante, dan vida a algún individuo superior, con fuerza suficiente para añadir a este animal un nuevo propósito y un aparato completo para alcanzarlo, de buen grado se olvidará a todos los antecesores. Casi todos los hombres y casi todas las mujeres son solo una pareja más. De cuando en cuando, a alguno se le abre una celda o cámara nueva en el cerebro: facilidad para la arquitectura, la música o la filología; cierto gusto o talento concreto para las flores, la química, los pigmentos o la narración; buena mano para dibujar, buen pie para bailar, un cuerpo atlético para hacer grandes viajes, etc., habilidades todas estas que en ningún modo modifican su posición en la escala de la naturaleza, sino que sirven para pasar el tiempo, pues la vida sensorial continúa igual que antes. Al final, estos indicios y tendencias quedan fijos en uno o en una sucesión. Cada uno de ellos absorbe tanto alimento y fuerza como para convertirse, por sí mismo, en un nuevo centro. El nuevo talento extrae tan rápido la fuerza vital que no queda suficiente para las funciones animales y apenas para la salud, de forma que, en la segunda generación, si aparece el mismo genio, la salud se halla visiblemente deteriorada y se ve afectada la fuerza generadora.

Cada individuo nace con un sesgo moral o material; si hay dos hermanos uterinos con este destino divergente

—y, supongo, haciendo uso de potentes «lupas»—, el señor Frauenhofer o el doctor Carpenter podrían llegar a distinguir en el embrión, al cuarto día, si este es un conservador, y el otro, un liberal.

Fue un intento poético de ascender esta montaña del Destino, de conciliar este despotismo de la raza con la libertad, lo que llevó a los hindúes a decir: «El Destino no es sino el resultado de los actos cometidos en un estado anterior de la existencia». Encuentro la coincidencia entre los extremos de la especulación oriental y occidental en esta atrevida afirmación del pensador alemán Friedrich Schelling: «En todo hombre existe cierta sensación de llevar toda la eternidad siendo lo que es, y de que de ningún modo se ha convertido en ello con el tiempo». Por decirlo de manera menos sublime: en la historia del individuo siempre hay una explicación para su estado, y él sabe que ha participado en la creación de su situación actual.

Gran parte de nuestra política es fisiológica. De cuando en cuando, un hombre acaudalado, en el auge de su juventud, adopta el principio de la libertad más extensa. En Inglaterra siempre hay algún hombre rico y bien relacionado que se instala, durante todos sus años de buena salud, en el lado del progreso y que, en cuanto empieza a envejecer, analiza lo que le queda por delante, repliega a sus tropas y se vuelve conservador. Todos los conservadores lo son a causa de sus propios defectos personales. Se han amanerado por posición o naturaleza, tullidos o ciegos de nacimiento, a causa del lujo de sus padres, y solo pueden, como los inválidos, obrar a la defensiva. Pero las naturalezas fuertes, los hombres nacidos en mitad de la nada, los gigantes de Nuevo Hampshire, los Napoleones, los Burke, los Brougham, los Webster, los Kossuth son patriotas por fuerza, hasta que su vida entra en declive y sus defectos, la gota, la parálisis y el dinero los pervierten.

La idea más poderosa se encarna en mayorías y naciones, en los más sanos y fuertes. Es probable que las elecciones vengan determinadas por el peso, y, si se pudiera medir físicamente, en la báscula de Dearborn, el tonelaje de cien miembros cualesquiera del partido conservador y el demócrata de una ciudad, en cuanto estos pasaran por el fielato se podría predecir con certeza el partido vencedor. En suma, la forma más rápida de decidir el voto sería poner a los concejales o al alcalde y los ediles en una balanza.

En la ciencia, hemos de tener en cuenta dos cosas: la fuerza y la circunstancia. Lo único que conocemos del huevo, por cada uno de los sucesivos hallazgos, es otra vesícula, y si dentro de quinientos años conseguís un observador o una lupa mejores, este descubrirá, dentro de la última observada, una más. En el tejido vegetal y animal ocurre lo mismo, y lo único sobre lo que actúa la fuerza o espasmo primarios siguen siendo vesículas, vesículas. ¡Sí, la tiránica Circunstancia! Una vesícula en circunstancias nuevas, si estaba alojada en la oscuridad, pensaba Oken, se convertía en animal; si estaba a plena luz, en planta. Alojada en el animal progenitor, sufre cambios que terminan revelando una capacidad milagrosa en la vesícula inalterada, y se libera para ser pez, ave o cuadrúpedo, cabeza y pata, ojo y garra. La Circunstancia es la Naturaleza. Y la Naturaleza es lo que podéis hacer. Hay, sin embargo, muchas cosas que no podéis. Tenemos dos elementos: la Circunstancia y la vida. En el pasado, creíamos que la fuerza positiva era lo único. Ahora sabemos que la fuerza negativa, o la circunstancia, es la mitad. La naturaleza es la Circunstancia tiránica, el cráneo grueso, la serpiente con su camisa, la mandíbula pesada y dura como una roca, la actividad requerida, la dirección violenta, el estado de una herramienta, como la locomotora, cuya fuerza es suficiente cuando va por sus vías, pero que solo causa daños cuando está fuera de ellas, o los patines, que son alas sobre el hielo pero grilletes sobre la tierra.

El libro de la Naturaleza es el libro del Destino. Va pasando sus descomunales páginas, hoja tras hoja, sin volver jamás ninguna. Deposita una hoja en el suelo, sobre un lecho de granito; luego mil siglos, y un lecho de pizarra; mil siglos más, y una capa de carbón; otros mil siglos, y una capa de marga y barro: entonces aparecen formas vegetales, sus primeros animales deformes, zoófitos, trilobites, peces, seguidos de los saurios, formas toscas en las que solo ha esbozado su futura estatua y ocultado, bajo estos monstruos desmañados, la silueta elegante de su rey venidero. La superficie del planeta se enfría y se seca, las razas mejoran y nace el hombre. Pero, cuando una raza ha vivido el plazo que le corresponde, ya no regresa.

La población del mundo tiene un carácter condicional: no es la mejor, sino la mejor que podría vivir ahora, y la escala de las tribus, y la constancia con que la victoria se adhiere a una y la derrota a otra es igual de uniforme que la superposición de los estratos. Sabemos, a través de la historia, qué peso corresponde a la raza. Vemos a ingleses, franceses y alemanes plantarse en todas las costas y mercados de América y Australia, y monopolizar el comercio de esos países. Nos gusta la costumbre activa y victoriosa de nuestra rama de la familia. Seguimos los pasos del judío, del indio, del negro. Vemos cuánta voluntad se ha vertido en extinguir al primero de los tres, en vano. Observad las desagradables conclusiones de Knox, en su libro *Las razas de los hombres: un fragmento* —un autor impulsivo y deficiente, pero lleno de verdades punzantes e inolvidables—: «La Naturaleza respeta a la raza, no a los híbridos»; «Cada raza tiene su propio hábitat»; «Si desligamos una colonia de la raza, se deteriorará hasta volverse crustáceo». Ved los matices de la imagen. Los millones de alemanes e irlandeses, igual que los negros, tienen grandes cantidades de guano en su destino. Los llevan en barco por el Atlántico y en carro por América para que caven zanjas y hagan trabajo de esclavos, para que consigan maíz barato y luego descansen prematuramente y hagan brotar un pequeño rectángulo de hierba verde en la seca pradera.

Otro manojo de estas ligaduras de adamanto es la nueva ciencia de la Estadística. Es norma que los acontecimientos más casuales y extraordinarios, si la base de población es lo bastante amplia, se vuelvan asunto de cálculo fijo. No se podría decir con certeza cuándo va a nacer en Boston un capitán como Bonaparte, una cantante como Jenny Lind o un navegante como Bowditch, pero, sobre una población de veinte o doscientos millones, podría conseguirse una cierta precisión.

Resulta frívolo datar con meticulosidad inventos concretos. Todos se han inventado cincuenta veces. El hombre es la máquina principal, de la que todos estos medios, que proceden de él, son modelos de juguete. Se ayuda a sí mismo en cada emergencia copiando o duplicando su propia estructura, hasta donde llegue la necesidad. Es difícil encontrar al Homero, al Zoroastro o al Manu adecuados, más difícil aún encontrar a Tubalcaín, o a Vulcano, o a Cadmo, o a Copérnico, o a Fust, o a Fulton, es decir, al inventor indiscutible. Los hay por veintenas y centenas. «El aire está lleno de hombres». Este tipo de talento, esta eficiencia constructiva para elaborar herramientas, es tan abundante como si viniera adherido a los átomos químicos, como si el aire que respira estuviera hecho de Vucansons, Franklins y Watts.

Sin duda, en cada millón habrá un astrónomo, un matemático, un poeta cómico, un místico. Nadie puede leer la historia de la astronomía sin percibir que Copérnico, Newton y Laplace no son hombres nuevos, ni un nuevo tipo de hombre, sino que Tales, Anaxímenes, Hiparco, Empédocles, Aristarco, Pitágoras y Enípodes se anticiparon a ellos. Todos ellos tenían el mismo cerebro geométrico tenso, adecuado para el mismo cálculo y lógica vigorosos, una mente paralela al movimiento del mundo. La milla romana se basaba, probablemente, en una medida de un grado del meridiano. Los mahometanos y los chinos saben lo mismo que nosotros del año bisiesto, del calendario gregoriano y de la precesión de los equinoccios. Igual que en cada barril de cauris traído a New Bedford tiene que haber un ejemplar de *orangia*, en diez millones de malayos y mahometanos ha de haber uno o dos cráneos astronómicos. En una gran ciudad, las cosas más casuales y las cosas cuya belleza estriba en su casualidad se dan con la misma puntualidad y orden que el bollo del panadero para desayunar. *Punch* publica exactamente un chiste magistral cada semana, y los diarios se las ingenian para facilitar una buena noticia al día.

Y las leyes de la represión, las sanciones por las funciones infringidas, actúan en igual medida. Las hambrunas, el tifus, las heladas, las guerras, los suicidios y la decadencia de las razas han de considerarse partes computables del sistema del mundo.

Son guijarros de la montaña, indicios de los términos que encierran nuestra vida y que muestran una especie de exactitud mecánica, como la de un telar o un molino, en lo que llamamos acontecimientos casuales o fortuitos.

La fuerza con la que resistimos estos torrentes de avance parece tan ridículamente insuficiente que asciende a poco más que una crítica o protesta hecha por una minoría de uno, frente a la coacción de millones. En el momento álgido de una tempestad, me pareció ver a unos hombres a bordo luchando con las olas y arrastrados de acá para allá. Se lanzaban miradas inteligentes entre sí, pero no podían hacer gran cosa unos por otros; ya bastaba con que cada uno pudiera mantenerse a flote. Tenían derecho a sus miradas, y todo lo demás era Destino.

No podemos jugar con esta realidad, este afloramiento del núcleo del mundo, en nuestros huertos cultivados. Ninguna imagen de la vida que no admita las realidades detestables puede tener veracidad. La fuerza de un hombre, como un aro, está sujeta por una necesidad que, a través de muchos experimentos, ese hombre va tocando por todos lados hasta que aprende su curvatura.

El elemento que fluye por toda la naturaleza, al que comúnmente llamamos Destino, es conocido como limitación. A cualquier cosa que nos limite la llamamos Destino. Si somos brutos y bárbaros, el destino adopta una forma tosca y espantosa. Conforme nos perfeccionamos, nuestras restricciones se vuelven más perfectas. Si ascendemos hacia una cultura espiritual, el antagonismo adquiere también una forma espiritual. En las fábulas hindúes, Visnú sigue a Maya a través de todos los cambios ascendentes que esta experimenta, desde el insecto y el cangrejo de río hasta el elefante; de cada forma que ella adopta, él asume la del macho de esa especie, hasta que al fin se convierte en mujer y diosa, y él en hombre y en dios. Las limitaciones se perfeccionan conforme el alma se purifica, pero el anillo de la necesidad está siempre por encima.

Cuando los dioses del cielo nórdico se vieron incapaces de atar al lobo Fenrir, ni siquiera con acero ni con el peso de las montañas —el primero lo quebró y de las segundas se libró dando una patada—, le pusieron en torno a la pata una cincha suelta más suave que la seda o la tela de araña, y así lograron sujetarlo. Cuanto más trataba el lobo de librarse de ella, más rígida se volvía. Igual de suave y firme es el anillo del Destino. Ni el brandi, ni el néctar, ni el éter etílico, ni el fuego del infierno, ni el icor, ni la poesía, ni el genio pueden librarse de esta cincha suelta, pues, si le damos el sentido elevado con el que lo usan los poetas, incluso el propio pensamiento queda por debajo del Destino: él también debe actuar según leyes eternas, y todo lo que en él es deliberado y fantástico se opone a su esencia fundamental.

Y al final del todo, muy por encima del pensamiento, en el mundo de la moral, el Destino aparece como vindicador, nivelando lo elevado, izando lo más bajo, exigiendo justicia en el hombre y siempre golpeando, antes o después, cuando no se hace justicia. Lo que es útil permanecerá, lo que es perjudicial se hundirá. «Quien obra ha de sufrir», decían los griegos, «pues en caso contrario estaríais aliviando a una deidad que no precisa bálsamo alguno». «Ni el mismo Dios puede traerle el bien al malvado», decía la tríada galesa. «Dios consiente, mas no para siempre», dijo el bardo español. Ninguna perspicacia humana puede superar la limitación. En sus últimas ascensiones, las más elevadas, la propia percepción y el libre albedrío son uno de sus miembros obedientes. Pero no debemos incurrir en generalizaciones excesivas, sino mostrar los límites naturales o distinciones esenciales, y tratar de hacer justicia asimismo a los otros elementos.

Así encontramos el Destino en la materia, la mente y la moral; en la raza, en el retardo de los estratos y también en el pensamiento y el carácter. Por todas partes hay atadura o limitación. Pero el Destino tiene su amo y la limitación, sus límites: se ve de distinto modo desde arriba y desde abajo, desde dentro y desde fuera. Pues, aunque el Destino es inmenso, el Poder, que es la otra realidad del mundo dual, es igual de inmenso. Si el Destino sigue y limita el Poder, el Poder acompaña al Destino y se opone a él. Hemos de respetar el Destino como historia natural, pero esta no es lo único que existe. Pues ¿quién o qué eleva esta crítica que curiosea en la materia? El hombre no se conforma estrictamente con el orden natural, saco tras saco, barriga y extremidades, eslabón de una cadena ni equipaje ignominioso, sino que es un formidable antagonismo, una atracción de los polos del Universo. Desvela su relación con lo que hay por debajo de él —de cráneo grueso, cerebro pequeño, maloliente, cuadrúmano o cuadrúpedo mal disfrazado, apenas liberado gracias a la bipedestación— y ha pagado sus nuevas facultades con la pérdida de algunas de las antiguas. Pero el rayo que cae y da forma a los planetas, creador de soles y galaxias, está en él. Por un lado, orden elemental, arenisca y granito, afloramiento rocoso, turbera, bosque, mar y costa; por el otro, pensamiento, espíritu que compone y descompone la naturaleza: aquí están, uno junto a otro, dios y diablo, mente y materia, rey y conspirador, correa y espasmo, cabalgando juntos y en paz en la mirada y el cerebro de todo hombre.

Tampoco puede ignorar el libre albedrío. Aun a riesgo de resultar paradójico, diré que la libertad es necesaria. Si os place poneros en el lado del Destino y afirmar que el Destino lo es todo, convendremos que una parte del

Destino es la libertad del hombre. Siempre mana en el alma el impulso de elegir y actuar. El intelecto confronta el Destino. Mientras el hombre piense, será libre. Y aunque no hay nada más desagradable que vanagloriarse de la libertad cuando se es esclavo, como son casi todos los hombres, y tomar por libertad, de forma equivocada y frívola, el preámbulo de algún documento, como una «Declaración de Independencia» o el derecho legal de voto, cuando nunca se ha osado pensar o actuar, sin embargo, es saludable para el hombre mirar no hacia el Destino, sino para el otro lado: la visión práctica. Su sólida relación con estas realidades supone usarlas y dominarlas, no encogerse ante ellas. «No miréis a la Naturaleza, pues su nombre es letal», dijo el oráculo. La contemplación excesiva de estos límites lleva a la mezquindad. Quienes hablan mucho del destino, de la estrella de su nacimiento, etc., se encuentran en un plano inferior peligroso y están invitando a los males que temen.

He mencionado a las razas instintivas y heroicas como orgullosas creyentes en el Destino. Conspiran con él; al acontecimiento lo acompaña una amorosa resignación. Pero el dogma causa una impresión distinta cuando lo sostienen los débiles y los perezosos. Quienes arrojan la culpa sobre el Destino son gente endeble y mezquina. La relación adecuada con el Destino consiste en elevar nuestra conducta hasta la altura de la naturaleza. Los elementos son rudos e invencibles, salvo por ellos mismos. Así ha de ser el hombre. Debe vaciar su pecho de ideas huecas y demostrar su señorío con maneras y hechos en la escala de la naturaleza. Ha de defender su propósito como lo haría con la fuerza de la gravedad. Ningún poder, ninguna persuasión, ningún soborno han de llevarlo a renunciar a su objetivo. El hombre debe salir ganando en la comparación con un río, un roble o una montaña. No puede tener menos caudal, crecimiento ni resistencia que estos.

El mejor uso del Destino consiste en enseñar una valentía letal. Id a enfrentaros al fuego en el mar, o al cólera en la casa de vuestro amigo, o al ladrón en la vuestra, o al peligro que se interponga en el camino del deber, sabiendo que estáis protegidos por el querubín del hado. Si creéis en el Destino para lo malo, creed en él también para lo bueno.

Pues, si el Destino es tan predominante, el hombre también forma parte de él, y puede enfrentar Destino con Destino. Si el Universo alberga estos accidentes violentos, nuestros átomos son igual de agresivos en su resistencia. La atmósfera nos aplastaría si no fuera por la reacción del aire que llevamos dentro del cuerpo. Un tubo hecho de una capa de vidrio puede resistir el envite del océano si está lleno de la misma agua. Si hay omnipotencia en el golpe, hay omnipotencia en el retroceso.

Pero confrontar Destino contra Destino solo consiste en esquivar y defenderse: también existen las nobles fuerzas creadoras. La revelación del Pensamiento extrae al hombre de la servidumbre y lo lleva hacia la libertad. Decimos de nosotros mismos, con razón, que nacemos y luego nacemos otra y muchas veces más. Tenemos experiencias sucesivas tan importantes que lo nuevo olvida lo antiguo, y de ahí la mitología de los siete o los nueve cielos. El día entre los días, la gran jornada del festín de la vida, es aquel en el que el ojo interior se abre a la Unidad de todas las cosas, a la omnipresencia de la ley, y ve que lo que es debe ser o es lo mejor. Esta beatitud baja desde lo alto sobre nosotros y así vemos. No está en nosotros tanto como nosotros estamos en ella. Si el aire nos llega a los pulmones, respiramos y vivimos; si no, morimos. Si la luz nos llega a los ojos, vemos; de lo contrario, no. Y si la verdad nos llega a la mente, de pronto nos expandimos hasta adquirir sus dimensiones, como si nos convirtiéramos en mundos. Somos como legisladores; hablamos por la Naturaleza; vaticinamos y adivinamos.

Esta percepción nos sitúa al lado del Universo, contra todo y contra todos, contra nosotros y contra los demás. Un hombre que habla desde esta percepción afirma de sí mismo lo que es cierto de la mente. Así, al ver su inmortalidad, dice: «Soy inmortal»; al ver su invencibilidad, dice: «Soy fuerte». No está en nosotros, sino que nosotros estamos en ella. Pertenece al creador, no a lo que es creado. Todo lo toca y lo cambia. Utiliza y no es utilizada. Aleja a quienes la comparten de aquellos que no. Quienes no la comparten son rebaños y manadas. Data de sí misma, no de hombres anteriores ni de mejores hombres, evangelios, constituciones, universidades o costumbres. Allí donde brilla, la Naturaleza deja de ser intrusiva, y todas las cosas crean una impresión musical o pictórica. El mundo de los hombres se antoja una comedia sin risas: poblaciones, intereses, gobierno, historia: figuritas en una casa de muñecas. No sobrevalora verdades concretas. Oímos ansiosos todo pensamiento y palabra que cita un intelectual, pero, en su presencia, nuestra mente se halla hiperactiva y enseguida olvidamos lo que ha dicho, mucho más interesados en la nueva representación de nuestro propio pensamiento que en cualquiera de los suyos. Lo que nos motiva es la grandeza a la que de pronto hemos ascendido, la impersonalidad, el desprecio de las egolatrías, la esfera de las leyes. Antes dábamos unos pasos por este camino y unos pasos por aquel otro; ahora somos como hombres en un globo y no pensamos tanto en el lugar del que hemos partido, ni en el lugar al que podríamos llegar, como en la libertad y la gloria del trayecto.

Tanto intelecto añadáis, tanto poder orgánico habrá. Quien lleva a cabo el diseño lo preside y debe querer aquello que deba ser. Nos sentamos a dirigir y, aunque durmamos, nuestro sueño se ocupará de ello. Nuestro pensamiento, aunque solo tenga una hora de vida, afirma una necesidad más antigua que no ha de desligarse de la voluntad. Siempre han de haber coexistido. Nos da a conocer su soberanía y divinidad, que se resisten a ser amputadas de él. No es mía ni tuya, sino que constituye la voluntad de todas las mentes. Se vierte en las almas de todos los hombres, igual que la propia alma que los constituye como hombres. No sé si existe, como se afirma, en las regiones superiores de nuestra atmósfera, una corriente occidental permanente que arrastra consigo todos los átomos que suben hasta esa altura, pero veo que, cuando las almas alcanzan una determinada claridad de percepción, aceptan un conocimiento y motivo que están por encima del egoísmo. Un hálito de voluntad sopla eternamente por el universo de las almas en la dirección de lo Justo y Necesario. Es el aire que todos los intelectos inhalan y exhalan, y es el viento que, al soplar, pone los mundos en orden y órbita.

El pensamiento disuelve el mundo material al elevar la mente hasta una esfera en la que todo es maleable. Entre dos hombres, cada uno de los cuales obedece a su propio pensamiento, aquel que ostente el más profundo será el de carácter más fuerte. Siempre hay un hombre que representa más que otro la voluntad de la Divina Providencia ante el tiempo que le toca.

Y si el pensamiento libera, el sentimiento moral también. Las combinaciones de química espiritual se resisten al análisis. Y, sin embargo, podemos ver que la percepción de la verdad lleva ligada el deseo de que esta prevalezca; ese afecto es esencial para la voluntad. Es más, cuando surge una voluntad fuerte, esta normalmente procede de una cierta unidad de organización, como si toda la energía del cuerpo y la mente fluyera en una única dirección. Todas las grandes fuerzas son auténticas y elementales. Ha de haber una libra para equilibrar otra libra. Cuando se manifiesta poder en la voluntad, dicho poder debe basarse en la fuerza universal. Alarico y Bonaparte debieron creer que partían de una verdad, pues de lo contrario su voluntad hubiera podido comprarse o torcerse. Para toda voluntad finita existe un posible soborno. Pero la empatía absoluta con los objetivos universales es una fuerza infinita y resulta imposible sobornarla y torcerla. Quien haya experimentado el sentimiento moral no puede sino creer en un poder ilimitado. Cada latido de ese corazón es un juramento que procede del Altísimo. No sé qué significa la palabra «sublime», si no son los indicios, en este niño, de una fuerza tremenda. Un texto heroico o un nombre y una anécdota valientes no son argumentos, sino estallidos de libertad. Uno de ellos es este verso del persa Hafis: «Está escrito en la puerta del Cielo: "¡Ay de quien sufre en sus carnes la traición del Destino!"». ¿La lectura de la historia nos vuelve fatalistas? ¡Pero qué valentía demuestra la opinión contraria! Un ínfimo bastión de la voluntad que trata de ser libre luchando con gallardía contra todo el universo de la química.

Sin embargo, la percepción no es voluntad, ni tampoco lo es el afecto. La percepción es fría, y la bondad muere en los deseos. Como dijo Voltaire, es una desgracia que las personas honradas sean cobardes, «un des plus grands malheurs des honnêtes gens c'est qu'ils sont des lâches». Debe producirse una fusión de ambas para generar la energía de la voluntad. No puede haber fuerza motriz salvo a través de la conversión del hombre en su voluntad, con lo que él se convierte en voluntad y la voluntad se convierte en él. Y podríamos atrevernos a decir que no tiene una percepción correcta de ninguna verdad el hombre que no haya reaccionado ante ella de forma que esté dispuesto a ser su mártir.

Lo único serio y formidable de la naturaleza es la voluntad. La sociedad es servil por mor del deseo de voluntad, y, en consecuencia, el mundo quiere salvadores y religiones. Hay un camino adecuado; el héroe lo ve y avanza hacia ese objetivo, y bajo sí tiene al mundo para darle raíz y apoyo. Su aprobación es honor; su desacuerdo, infamia. Su mirada tiene la fuerza de los rayos del sol. Una influencia personal solo se eleva en la memoria como algo valioso, y de buen grado olvidamos cifras, dinero, clima, gravitación y el resto del Destino.

Podemos permitirnos aceptar la limitación si sabemos que esta es la medida del hombre que crece. Nos resistimos al Destino, igual que los niños se apoyan contra la pared en la casa de su padre y van grabando una muesca con su altura año tras año. Pero, cuando el niño se hace hombre y es el amo de la casa, tira esa pared y levanta otra nueva y más alta. Es solo cuestión de tiempo. Todos los jóvenes valientes se están entrenando para cabalgar y dominar este dragón. Su ciencia consiste en hacer armas y alas de estas pasiones y fuerzas que los retrasan. Y ahora, al ver estas dos cosas, el destino y el poder, ¿podemos creer en la unidad? El grueso de la humanidad cree en dos dioses. Están bajo un dominio aquí, en la casa, como amigo y progenitor, en los círculos sociales, en las letras, en el arte, en el amor o en la religión; pero en la mecánica, en el trato con el vapor y el clima, en el comercio, en la política, creen que se encuentran bajo otro distinto, y que sería una gran metedura de pata trasladar el método y la forma de trabajar de un ámbito al otro. ¡Cuántos hombres buenos, honrados y generosos en su casa son lobos y zorros en el mercado! ¡Cuántos hombres devotos en el salón votan a sinvergüenzas en las elecciones! Hasta cierto punto, se creen protegidos por una Providencia, pero, en un barco de vapor, en una epidemia, en la guerra, creen que lo que gobierna es una energía malévola.

Sin embargo, la relación y la conexión no existen en algún lugar y a veces, sino en todas partes y siempre. El orden divino no se detiene donde termina la visión de los hombres. El poder benévolo funciona con las mismas reglas en la granja de al lado y en el planeta vecino. Sin embargo, allí donde no tienen experiencia, actúan en su contra y se perjudican. El Destino es, pues, una manera de nombrar hechos que aún no han pasado por el fuego del pensamiento, causas que no se entienden.

No obstante, toda llamarada de caos que amenaza con exterminarnos puede convertirse, por medio del intelecto, en una fuerza benigna. El Destino son las causas que no se entienden. El agua hunde a barco y marinero como una mota de polvo. Pero, si aprendéis a nadar y estabilizáis el navío, hendirá la ola que lo hundió y esta lo llevará como si fuera su propia espuma. El frío no muestra consideración hacia las personas, hace estremecer la sangre, congela a un hombre igual que a una gota de rocío. Pero, si aprendéis a patinar, el hielo os dará un movimiento grácil, dulce y poético. El frío reforzará vuestras extremidades y vuestra mente hasta volveros genios y hará de vosotros los hombres más importantes de vuestra época. El frío y el mar prepararán a una raza sajona imperial que la naturaleza no puede permitirse perder y, tras enclaustrarla durante mil años en la remota Inglaterra, proporcionará cien Inglaterras y cien Méxicos. Absorberá y someterá todas las sangres: pero en lugar de Méxicos os estarán esperando los secretos del agua y el vapor, los espasmos de la electricidad, la ductilidad de los metales, el cuadriga del aire, el globo tripulado.

La masacre anual del tifus excede con mucho la de la guerra, pero un correcto alcantarillado destruye el tifus. La plaga de escorbuto en el servicio marítimo se soluciona con zumo de limón y otras dietas que pueden transportarse o conseguirse; la despoblación por el cólera y la viruela termina con vacunas, y todas las demás plagas no se inscriben menos en la cadena de causa y efecto y pueden combatirse. Y, al tiempo que extrae la ponzoña, el conocimiento suele sacar algún beneficio del enemigo vencido. El hombre doblega el torrente dañino para usarlo en su provecho: a las bestias salvajes las utiliza como alimento, vestido o fuerza de trabajo; las explosiones químicas las controla como hace con su reloj. Estos son ahora los corceles sobre los que cabalga. El hombre se desplaza con todos los medios: las patas de los caballos, las alas del viento, el vapor, el gas del globo, la electricidad, y se pone de puntillas amenazando con cazar al águila en su propio elemento. No hay nada que no pueda usar como medio de transporte.

El vapor era, hasta hace dos días, un demonio al que temíamos. Todas las ollas fabricadas por cualquier ollero o latonero tenían un orificio en la tapa para dejar salir al enemigo, no fuera a levantar olla y tejado y arrasar la casa. Pero el marqués de Worcester, Watt y Fulton consideraban que donde había energía no había un demonio, sino que estaba la divinidad; que se debía hacer uso de ella y de ningún modo dejarla salir y desperdiciarla. ¿De modo que podía levantar ollas, techos y casas con mucha facilidad? Pues entonces era el obrero que estaban buscando, pues podía usarse para levantar, encadenar y forzar a otros demonios mucho más reacios y peligrosos, como toneladas de tierra, montañas, el peso o la resistencia del agua, la maquinaria y los trabajos de todos los hombres del mundo, así como alargar el tiempo y acortar el espacio.

Con otras clases de vapor más elevadas no ha sido muy distinto. La opinión de la masa era el terror del mundo y se intentaba o bien dispersarla, distrayendo a las naciones, o bien amontonarla con estratos sociales —una capa de soldados, luego una capa de señores y, por encima, un rey—, con mordazas y cercos de castillos, guarniciones y policía. Pero, a veces, el principio espiritual se introducía, hacía saltar los cercos y fracturaba toda montaña que se hubiera dispuesto encima. Los Fulton y los Watt de la política, que creían en la unidad, vieron que era una fuerza y, al satisfacerla (igual que la justicia satisface a todo el mundo), mediante una organización distinta de la sociedad —agrupándola en un nivel en lugar de apilarla en forma de montaña—, se las han arreglado para hacer de este terror la forma más inofensiva y dinámica de un Estado.

Muy odiosas, lo confieso, son las lecciones del Destino. ¿A quién le va a gustar que un atildado frenólogo se pronuncie sobre su fortuna? ¿A quién le va a gustar pensar que tiene, ocultos en su cráneo, su columna y su pelvis, todos los vicios de una raza sajona o celta, que de seguro lo acabarán debilitando —con toda la esperanza y determinación grandiosas que lo animan— hasta hacer de él un animal egoísta, charlatán, servil y esquivo? Un médico experto nos dice que, invariablemente, el napolitano, al llegar a la edad adulta, asume la forma inconfundible de un canalla. Es un poco exagerado, pero podría suceder.

Y aun con todo esto son polvorines y arsenales. El hombre debe estarles agradecido a sus defectos y mostrar cierto terror ante sus talentos. Un talento extraordinario agota tanto sus fuerzas que puede llegar a dejarlo incapacitado; un defecto le aporta beneficios por otro lado. El sufrimiento que distingue al judío ha hecho de él, en estos tiempos, el gobernante de los gobernantes de la tierra. Si el Destino es mena y cantera, si el mal es bien en el proceso, si la limitación es un poder que ha de ser, si las calamidades, oposiciones y cargas son alas y medios, estamos en paz.

El Destino implica mejora. Ninguna afirmación sobre el Universo que no admita su fuerza ascendente puede tener solidez alguna. La dirección del todo y de las partes se establece hacia el beneficio y en proporción con la salud. Tras cada individuo se cierra la organización; delante de él, se abre la libertad, lo Mejor, lo Óptimo. Las primeras razas, las peores, han muerto. Las segundas, imperfectas, están muriendo, o perduran para la maduración de la superior. En la última raza, en el hombre, toda generosidad, toda nueva percepción, el amor y el elogio que obtiene de sus semejantes certifican el avance del destino hacia la libertad. La liberación de la voluntad con respecto de los envoltorios y obstáculos de esa organización que ya ha superado constituye el fin y propósito de este mundo. Toda calamidad es un estímulo y un valioso indicio, y allí donde sus empeños no son del todo fructíferos, señalan cuál es la tendencia. El círculo entero de la vida animal —diente contra diente, lucha devastadora, guerra por la comida, un aullido de dolor y un gruñido de triunfo hasta que, por fin, toda la casa de fieras, toda la masa química, se suaviza y refina para un uso más elevado— resulta agradable desde la perspectiva adecuada.

Pero, para ver como el destino se desliza hacia la libertad y la libertad hacia el destino, habéis de observar hasta dónde llegan las raíces de cada criatura y si podéis indicar dónde desaparece cualquier punto de conexión. Nuestra vida es consensuada y sus relaciones vienen de lejos. Ese nudo que es la naturaleza está tan bien atado que nadie ha tenido jamás astucia suficiente para encontrar los dos extremos. La naturaleza es intricada, está superpuesta y entretejida, no tiene fin. A cuenta de la bella capilla del King's College, Christopher Wren dijo que si alguien le confirmara dónde poner la primera piedra, construiría otra igual. Pero ¿dónde podemos encontrar el primer átomo en esta casa de los hombres que es toda consentimiento, unión y equilibrio de las partes?

La red de relaciones se muestra en el hábitat, en la hibernación. Al observar la hibernación se descubrió que, mientras que ciertos animales se volvían torpes en invierno, otros se hacían torpes en verano: «hibernación» era un término inadecuado. El largo sueño no es un efecto del frío, sino que viene regulado por el aporte de alimento que le conviene al animal. Se vuelve torpe cuando la fruta o la presa que le sirven de sustento no están en temporada, y recupera la actividad cuando su alimento está listo.

Los ojos se encuentran en la luz; los oídos, en el aire auricular; los pies, sobre la tierra; las aletas, en el agua; las alas, en el aire; y cada criatura donde ha de estar, con una idoneidad mutua. Cada zona tiene su propia fauna. Hay un ajuste perfecto entre el animal, su alimento, su parásito y su enemigo. Se mantienen los equilibrios. No se permite la disminución ni tampoco el exceso en las cifras. En el hombre existen ajustes similares. Cuando llega, su comida está preparada; su carbón, en el hoyo; la casa, ventilada; el barro del diluvio, seco; sus compañeros han llegado al mismo tiempo y lo están esperando con amor, acuerdo, risas y lágrimas. Estos ajustes son burdos, pero los invisibles no lo son menos. Toda criatura tiene más pertenencias que su aire y su comida. Sus instintos han de satisfacerse y posee un poder predispuesto que se pliega y adapta a lo que tiene cerca para poder usarlo. No es posible hasta que las cosas invisibles sean las adecuadas para él, así como las visibles. ¡De qué cambios en el cielo y en la tierra, y en cielos y tierras más refinados, nos informa entonces la aparición de algún Dante o algún Colón!

¿Cómo se lleva todo esto a cabo? La naturaleza no derrocha, sino que sigue el camino más corto hasta llegar a sus fines. Igual que el general les dice a sus soldados: «Si queréis un fuerte, construid un fuerte», la naturaleza hace que cada criatura cumpla con su trabajo y se gane la vida, ya sea planeta, animal o árbol. El planeta se hace a sí mismo. También la célula animal se hace a sí misma, y después, lo que quiera. Todas las criaturas, chochín o lagarto, construyen su propia guarida. En cuanto hay vida, hay autonomía, asimilación y uso de material. La vida es libertad, en proporción directa a su cantidad. Podéis estar seguros de que el recién nacido no está inerte. La vida actúa voluntaria y sobrenaturalmente en su entorno. ¿Creéis que podemos valorar al recién nacido por su peso en kilos, o que este ser que se extiende, que irradia y que arroja está limitado por su piel? La vela más pequeña llena un kilómetro con sus rayos, y las papilas de un hombre alcanzan todas las estrellas.

Cuando hay algo que hacer, el mundo sabe cómo lograr que se haga. El ojo vegetal elabora hoja, pericarpio, raíz, corteza o espina según convenga; la primera célula se convierte en estómago, boca, nariz o uña de acuerdo con la necesidad; el mundo vuelca su vida en un héroe o un pastor, y lo sitúa donde lo precisen. Dante y Colón eran italianos en su época; hoy, serían rusos o estadounidenses. Las cosas maduran y aparecen hombres nuevos. La adaptación no es caprichosa. El objetivo ulterior, el objetivo más allá del objetivo, la correlación por la que los planetas se apagan y cristalizan y luego dan vida a bestias y animales, no se detiene nunca, sino que se vuelca en detalles más perfeccionados, y de los más perfeccionados a los perfectos.

El secreto del mundo se cifra en el vínculo entre la persona y el acontecimiento. La persona hace el acontecimiento, y el acontecimiento hace a la persona. La «época» ¿qué es sino unas cuantas mentes profundas y unas cuantas personas activas que encarnan el espíritu de los tiempos?: Goethe, Hegel, Metternich, Adams, Calhoun, Guizot, Peel, Cobden, Kossuth, Rothschild, Astor, Brunel y los demás. La misma idoneidad ha de presumirse entre un hombre, el tiempo y el acontecimiento como entre los sexos, o entre una raza de animales y el alimento que come o las razas inferiores de las que se vale. Cree que su destino le es ajeno porque la cópula está oculta. Pero el alma contiene el acontecimiento que le ha de suceder, pues el evento solamente es la materialización de sus pensamientos, y aquello por lo que rezamos para nosotros siempre se nos concede. El acontecimiento es la huella de vuestra forma. Se adapta a vosotros como vuestra piel. Lo que cada cual hace es propio de él. Los acontecimientos son los hijos del cuerpo y de la mente. Aprendemos que el alma del Destino es nuestra alma, como canta Hafis:

¡Ay! Hasta ahora desconocía
que mi guía y la de mi fortuna son la misma.

Todos los juguetes de los que se encaprichan los hombres y con los que juegan —casas, tierras, dinero, lujo, poder, fama— son la misma cosa, con una nueva gasa de ilusión colocada por encima. Y, entre todos los tambores y sonajas con los que los hombres se prestan a que les rompan la cabeza, y que salen a desfilar solemnemente todas las mañanas, el más admirable es aquel que nos lleva a pensar que los acontecimientos son arbitrarios e independientes de las acciones. Viendo al ilusionista, detectamos el hilo con el que mueve su marioneta, pero nuestros ojos carecen de la agudeza necesaria para vislumbrar el filamento que ata causa y efecto.

La Naturaleza adapta mágicamente al hombre a sus fortunas, al convertir estas en el fruto de su carácter. Los patos se hacen al agua; las águilas, al cielo; las aves zancudas, a la orilla del mar; los cazadores, al bosque; los oficinistas, a los despachos contables; los soldados, a la frontera. De este modo, los acontecimientos crecen sobre el mismo tallo que las personas, son algo así como subpersonas. El placer de la vida es acorde al hombre que la vive, y no al trabajo o al lugar. La vida es un éxtasis. Conocemos la locura propia del amor, la capacidad de pintar un objeto vil con los matices del cielo. Igual que los dementes sienten indiferencia hacia su vestido, su dieta y otras comodidades, e igual que en sueños perpetramos, con serenidad, los actos más absurdos, una gota más de vino en la copa de nuestra vida nos conciliará con compañía y trabajo ajenos. Cada criatura extrae de sí misma su propia situación y ámbito, igual que la babosa exuda su refugio lodoso sobre la hoja del peral, y los pulgones laníferos del manzano transpiran su propio lecho, y el molusco, su caparazón. Durante la juventud, nos vestimos de arcoíris y caminamos tan osados como el zodiaco. Con el tiempo, emitimos otro tipo de sudor: gota, fiebre, reumatismo, capricho, duda, inquietud y avaricia.

Las fortunas de un hombre son el fruto de su carácter. Los amigos de un hombre son sus magnetismos. Acudimos a Heródoto y a Plutarco en busca de ejemplos de Destino, pero nosotros mismos somos esos ejemplos. *Quisque suos patimur manes*. La tendencia de los hombres a representar todo lo que hay en su constitución se expresa en la vieja creencia de que los esfuerzos que hacemos por escapar de nuestro destino solo sirven para llevarnos hacia él: y yo he visto que a un hombre le gusta más que lo alaben por su posición, como prueba de una excelencia última o absoluta, que por sus méritos.

El hombre ve su carácter reflejado en los acontecimientos que cree encontrarse, pero que en realidad exudan de él y lo acompañan. Los acontecimientos crecen con el carácter. Igual que antes se hallaba entre juguetes, ahora representa un papel en el interior de sistemas descomunales, y su madurez se manifiesta en su ambición, sus acompañantes y su comportamiento. Parece un ejemplo de suerte, pero es un ejemplo de causalidad, un mosaico angulado y pulido que se adapta al hueco que ocupa. Por eso, en cada ciudad hay algún hombre que, en su mente y su comportamiento, es una explicación del modelo de cultivo, la producción, las fábricas, los bancos, las iglesias, la forma de vida y la sociedad de ese lugar. Si resulta que no os cruzáis con él, aquello que veáis os dejará un tanto perplejos; si os lo encontráis, os quedará todo claro. En Massachusetts sabemos quién construyó New Bedford, quién erigió Lynn, Lowell, Lawrence, Clinton, Fitchburg, Holyoke, Portland y muchos otros mercados ruidosos. Cada uno de esos hombres, si fueran transparentes, no os parecerían tanto hombres como ciudades andantes, y allí donde los colocarais construirían una.

La Historia es la acción y la reacción de ambos, Naturaleza y Pensamiento, dos niños que se empujan sobre el bordillo de la acera. Todo impele o es impelido, y la materia y la mente están también en perpetua inclinación y reequilibrio. Mientras el hombre es débil, la tierra lo absorbe. Va sembrando su mente y sus afectos y, con el tiempo, será él quien absorba la tierra, y dispondrá sus jardines y viñedos con el bello orden y la productividad de su pensamiento. Todo elemento sólido del universo está preparado para volverse fluido cuando se le acerca la mente, y el poder de fluidificarlo es la medida de esta. Si el muro sigue en pie, inflexible, acusa falta de pensamiento. Ante una fuerza más sutil, fluirá en nuevas formas, como expresión del carácter de la mente. ¿Qué es la ciudad en la que nos encontramos, sino una suma de materiales incongruentes que han obedecido a la voluntad de algún hombre? El granito era reacio, pero las manos del hombre eran más fuertes, y vino. El hierro estaba en lo profundo de la tierra y muy mezclado con la piedra, pero no pudo ocultarse de los fuegos del hombre. La madera, la cal, las telas, las frutas, las resinas se dispersaron por la tierra y el mar, en vano. Aquí están, al alcance de la jornada de trabajo de cualquier hombre, para lo que él quiera hacer de ellos. El mundo entero es el flujo de la materia sobre los cables del pensamiento. Las razas de hombres surgen de la tierra absortas en un pensamiento que las gobierna, y divididas en bandos ya armados y furiosos para luchar por esta abstracción metafísica. La calidad del pensamiento diferencia al egipcio del romano, al austriaco del estadounidense. Los hombres que entran en escena en un periodo se dan cuenta de que están relacionados entre sí. En el aire flotan determinadas ideas. Todos somos impresionables, pues estamos hechos de ellas, pero algunos más que otros, y estos son los primeros en expresarlas. Esto explica la curiosa contemporaneidad de inventos y descubrimientos. La verdad está en el aire, y el cerebro más impresionable será el primero en anunciarla, pero todos la anunciarán pocos minutos después. Así pues, las mujeres, al ser las más susceptibles, son el mejor indicador del momento que se avecina. Por lo tanto, el gran hombre, es decir, el más imbuido del espíritu de la época, es el hombre impresionable, de una fibra irritable y delicada, como el yodo ante la luz. Percibe las atracciones infinitesimales. Su mente es más certera que otras porque cede ante una corriente tan débil que solo puede sentirse con una aguja dispuesta en delicado equilibrio.

La correlación se muestra en los defectos. Möller, en su *Ensayo sobre arquitectura*, enseñaba que el edificio que estaba adecuadamente equipado para satisfacer su objetivo terminará siendo bello, aunque la belleza no estuviera prevista. Yo creo que esa misma unidad, en las estructuras humanas, es más bien virulenta y dominante; que la rudeza de la sangre aparecerá en el debate; que una joroba surgirá en el discurso y en el trabajo. Si pudiera verse la mente, se vería la joroba. Si un hombre tiene vacilación en la voz, esa vacilación pasará a sus frases, a su poema, a la estructura de su fábula, a su especulación, a su caridad. E, igual que a todos los hombres los persiguen sus propios demonios y los incomodan sus propias enfermedades, esto frenará toda su actividad.

Así pues, todo hombre, como toda planta, posee sus parásitos. Una naturaleza fuerte, áspera e irritable tiene enemigos más hostiles que las babosas y polillas que roen mis hojas. Sufre a los gorgojos, los barrenillos, los gusanos cortadores; primero se lo comió un estafador, luego un cliente, luego un charlatán, luego caballeros gentiles y creíbles, tan amargados y egoístas como Moloch.

Esta correlación, que existe realmente, puede detectarse. Si los hilos están ahí, el pensamiento puede seguirlos y evidenciarlos. Sobre todo, cuando un alma es rápida y dócil, como canta Chaucer:

O, si el alma, por sí sola,
fuera tan perfecta como creen los hombres
y supiera qué ha de venir
y advirtiera a todo el mundo
de cada una de sus aventuras
mediante visiones y figuras;
pero nuestra carne no es capaz
de entender nada de esto,
pues la advertencia es muy oscura.

Algunas personas están hechas de rima, coincidencia, augurio, periodicidad y presagio: encuentran a la persona que van buscando, lo que su amigo se dispone a decirles se lo dicen ellas primero, y cien señales las advierten de lo que está a punto de suceder.

Esta vida errabunda admite una maravillosa complejidad en la red y una extraordinaria constancia en el diseño. Nos asombra que la mosca encuentre a su compañera y, sin embargo, año tras año, vemos que dos hombres o dos mujeres, sin vínculo jurídico ni carnal, pasan gran parte de sus mejores momentos a pocos metros de distancia. Y la enseñanza es que hemos de encontrar lo que buscamos, que aquello de lo que huimos huye de nosotros. Como dijo Goethe, «lo que en la juventud deseamos nos llega con creces en la vejez», muy a menudo con la condena de que se nos conceda nuestro deseo: de ahí la advertencia, pues es seguro que obtendremos lo que ansiamos, de que hemos de pedir solo grandes cosas.

Existe una clave para los misterios de la condición humana, una solución para los viejos nudos del destino, la libertad y la presciencia: a saber, la concepción de una doble conciencia. El hombre ha de cabalgar alternativamente sobre los caballos de su naturaleza privada y pública, igual que los jinetes del circo se lanzan con destreza de un animal a otro o colocan un pie sobre el lomo de uno y el otro sobre el que cabalga al lado. Así, cuando un hombre es víctima de su destino, tiene ciática en las lumbares y calambres en el cerebro; un pie torcido y un entendimiento combado; expresión amargada y carácter egoísta;

afectación en los andares y arrogancia en sus afectos; o acaba reducido a polvo por el vicio de su raza, pero se recupera mediante su relación con el Universo, al que su desgracia beneficia. Al dejar atrás al demonio que padece, va a ponerse del lado de la Deidad, que obtiene un beneficio universal a través de su dolor.

Para compensar el freno del temperamento y la raza, que nos debilita, aprended esta lección: mediante la ingeniosa coexistencia de dos elementos, que se da en toda la naturaleza, todo aquello que os incapacite o paralice lleva consigo la divinidad, de algún modo, para retribuiros. Una buena intención se envuelve de un poder repentino. Cuando un dios desea cabalgar, cualquier astilla o guijarro, a los que les brotarán pies alados, le servirán de montura.

Erijamos altares a la Dulce Armonía que acoge naturaleza y almas en perfecta solución y obliga a todos los átomos a servir a un fin universal. No me asombran un copo de nieve, un caparazón, un paisaje estival ni la magnificencia de las estrellas, sino la necesidad de belleza bajo la que yace el universo; que todo es y ha de ser pictórico; que el arcoíris, la curva del horizonte y el arco de la bóveda celeste no son más que resultados del funcionamiento del ojo. No preciso que unos necios aficionados me hagan admirar un jardín de flores, una nube dorada por el sol o una cascada, cuando soy incapaz de mirar sin ver esplendor y gracia. Cuán vano es elegir un destello cualquiera aquí o allá, cuando la necesidad eterna planta la rosa de la belleza en la cumbre del caos, y revela que la intención central de la Naturaleza es la armonía y el gozo.

Erijamos altares a la Bella Necesidad. Si pensáramos que los hombres son libres, en el sentido de que, como una única excepción, su voluntad fantástica pudiera prevalecer sobre la ley de las cosas, sería lo mismo que si la mano de un niño pudiera bajar el sol. Si en el detalle más ínfimo pudiéramos trastornar el orden de la naturaleza, ¿quién aceptaría el regalo de la vida?

Erijamos altares a la Bella Necesidad, que se asegura de que todo esté hecho de una pieza, de que demandante y demandado, amigo y enemigo, animal y planeta, alimento y comensal sean de una misma especie. En astronomía, existe un espacio inmenso, pero ningún sistema extraño; en geología, un tiempo enorme, pero las mismas leyes que hoy. ¿Por qué habríamos de temer a la Naturaleza, que no es sino «filosofía y teología encarnadas»? ¿Por qué habríamos de temer que nos aplasten unos elementos salvajes, cuando estamos hechos de esos mismos elementos?

Erijamos altares a la Bella Necesidad, que le da al hombre la valentía de creer que no puede evitar un peligro que está decidido ni caer en uno que no lo está; a la Necesidad que, con rudeza o con dulzura, lo educa para percibir que no existe la contingencia, que la Ley rige toda la existencia, una Ley que no es inteligente, sino inteligencia; que no es personal, sino impersonal; que desdeña las palabras y transmite conocimiento; que disuelve a los individuos y da vida a la naturaleza; y que, sin embargo, pide a los puros de corazón que aprovechen toda su omnipotencia.

EL ÉXITO

No se puede acusar a nuestro pueblo estadounidense de lentitud para trabajar ni para ensalzar su trabajo. La tierra se estremece con nuestra maquinaria. Somos conscientes de nuestra juventud, nuestra fuerza y nuestra esencia. Ostentamos el poder del territorio y el litoral, y sabemos cómo usarlos. Elaboramos nuestros censos, leemos nuestras tasaciones, que van en aumento, dibujamos nuestro mapa, que se queda anticuado al cabo de uno o dos años. Paseamos la mirada con aprobación por los tendidos, cada vez más largos, del ferrocarril y el telégrafo. Hemos llegado casi al Polo. Hemos descubierto el continente antártico. Interferimos en América Central y del Sur, en Cantón y en Japón. Sumamos superficie a un territorio ya inmenso. Nuestra constitución política es la esperanza de los demás países, y nos enorgullecemos de todos estos logros.

Así es como funciona el mundo; esta es la ley de la juventud y de la fuerza que se despliega. Todos y cada uno de los hombres están dotados de alguna superioridad triunfal, que, a través de cierta adaptación de los dedos, el oído, el ojo o la destreza para el cifrado, el boxeo, la música o la literatura, enriquece a la comunidad con un nuevo arte. Y no solo nosotros, sino también todos los hombres corrientes de Europa valoran estos certificados. Giotto era capaz de dibujar un círculo perfecto; Erwin von Steinbach, de diseñar una catedral; Olaf, rey de Noruega, de rodear su galera caminando sobre las palas de los remos de sus remeros cuando el barco estaba en movimiento; Ojeda, de correr a toda velocidad por un tablón sobresaliente de lo alto de una torre, darse raudo la vuelta y volver; Evelyn escribe desde Roma: «Bernini, el escultor, arquitecto, pintor y poeta florentino, antes de que llegara yo aquí, creó una ópera pública, para la que pintó los escenarios, talló las estatuas, inventó los mecanismos, compuso la música, escribió la comedia y construyó el teatro».

«No existe nada en la guerra», dijo Napoleón, «que no pueda hacer con mis propias manos. Si no hay quien haga pólvora, yo puedo elaborarla. Sé construir un afuste. Si hace falta fabricar cañones en la forja, soy capaz de hacerlo. Puedo enseñar los pormenores de su funcionamiento en el campo de batalla, si es necesario. En la administración, soy el único que ha organizado las finanzas, como ya sabéis».

Se cuenta de Linneo, entre otras muchas pruebas de sus útiles destrezas, que, en cierta ocasión en que la podredumbre había echado a perder la madera de los astilleros suecos, el Gobierno le pidió que buscara un remedio. Linneo estuvo estudiando los insectos que infestaban la madera y descubrió que estos ponían los huevos dentro de los troncos en determinados días de abril, así que propuso que, al llegar esa época, los troncos pasaran diez días sumergidos en el agua junto a los muelles. Así se hizo y la madera resultó intacta.

Colón encontró muchísimo oro en Veragua, pero, al alejarse de la costa, con ciento cincuenta avezados marinos a bordo —algunos, viejos pilotos, muy experimentados en su arte y en el de la traición—, el astuto almirante tuvo escondido su registro particular de la ruta de regreso. Al llegar a España, les propuso al rey y a la reina que preguntaran a todos los pilotos que habían llegado con él dónde estaba Veragua. «Respondan, si saben, adónde es el sitio de la Veragua. Digo que no pueden dar otra razón ni cuenta, salvo que fueron a unas tierras adonde hay mucho oro, y certificarle; mas para volver a ella el camino tienen ignoto. Sería necesario para ir a ella descubrirla como de primero. Una cuenta hay y razón de astrología y cierta: quien la entienda esto le abasta. A visión profética se asemeja esto».

En Grecia, Hipócrates fue capaz de detener la voraz plaga que asolaba Atenas en su época, y su destreza murió con él. El doctor Benjamin Rush, en Filadelfia, consiguió heroicamente que la ciudad venciera la fiebre amarilla del año 1793. Leverrier llevaba en la cabeza el sistema copernicano y sabía dónde buscar el nuevo planeta. Hemos visto a una mujer estadounidense escribir una novela de la que se han vendido un millón de ejemplares, en todas las lenguas, y que tiene un mérito singular: el de hablarle al corazón universal y poder leerse con el mismo interés en el salón y en la cocina de todas las casas. Hemos sabido de mujeres capaces de crear hospitales y escuelas en los ejércitos. Hemos contemplado a una mujer que, solo con cantar, es capaz de derretir las almas de poblaciones enteras. Y no hay límite en esta variedad de talentos.

Estas artes son dignas de agradecimiento; de manera independiente, pues cada una de ellas conforma una nueva dirección del poder humano. No podemos más que respetarlas. Nuestra civilización está compuesta de un millón de aportaciones de este tipo. En lo que al éxito respecta, sin duda lo utilizamos para valorar a otras personas, pues justo eso primero lo hacemos con nosotros mismos. Nos respetamos más si hemos tenido éxito. Tampoco envidiamos a cada uno de estos benefactores la loa o las ventajas que les correspondan por su laboriosidad.

En estos ejemplos hay ya grados muy distintos de mérito moral. Solo sé que nosotros y nuestra raza, en otros lugares, damos un valor más alto que otros hombres a la riqueza, la victoria y la superioridad en bruto y de todo tipo; tenemos menos sosiego mental, nos cuesta más trabajo conformarnos. Al sajón se le enseña, desde la infancia, a desear ser el primero. El nórdico era un jinete, guerrero y saqueador incansable. Las antiguas baladas nórdicas lo describen atribulado por su insaciable sed de victoria. Dice la madre a su hijo:

Logros cargará tu alto corcel,
logros en ti, que son los más caros,
logros en tu mano y en tu pie,
en la batalla con hombres y con bestias:
la sagrada divinidad y el querido Drothin
no apartarán jamás los ojos de tu devenir;
¡atento, atento, Svend Vonved!

Pero estas proezas que ensalzamos no significan tanto como pretendemos. Estas artes de las que presumimos tienen un origen muy reciente. Son ventajas del lugar, aunque en realidad no contribuyen a nuestra estatura. Los mejores hombres del mundo han conseguido no desearlas. Newton era un gran hombre, sin telégrafo, gas, vagón de vapor, calzado de goma, fósforos ni éter para el dolor; igual que Shakespeare, Alfredo, Escipión y Sócrates.

Son ventajas del lugar, pero cuán fácil es ir ahora a partes del mundo en las que estas artes no solo faltan, sino que se las desprecia. Los jeques árabes, la gente más digna del planeta, no las quieren; sin embargo, sienten por sí mismos idéntico respeto que los ingleses, y les resulta fácil impresionar al francés o al estadounidense que los visita con la debida admiración a un hombre audaz e independiente.

Entre estas proezas existen, sin duda, grandes diferencias de mérito, y algunas implican una capacidad muy elevada. Pero la gente común valora el invento más que el inventor. El inventor sabe que hay mucho más, y mejor, allí donde surgió su invento. Pero la gente común ve en ello un lucrativo secreto. Los hombres ven la recompensa de la que disfruta el inventor y piensan: «¿Cómo podríamos conseguir nosotros algo así?». La causa y el efecto resultan un tanto tediosas… ¿cómo saltar hasta el resultado por una vía más corta o falsa? No somos escrupulosos. Lo que pedimos es victoria, independientemente de su origen. Tras el imperio de Rob Roy, tras el imperio de Napoleón, ser hoy los más fuertes, a la manera de los Talleyrand, gente sabia cuyos relojes van más aprisa que los de sus vecinos y que, al primer atisbo de declive, se abalanza al instante sobre el lado ganador. He oído que Nelson acostumbraba a decir: «No me importan la justicia ni la impudicia, yo solo quiero ganar». El único deber de lord Brougham como abogado es «conseguir la libertad del preso». Fuller dice que los letrados tienen la máxima de que «llevar corona absuelve de todos los delitos a quien la porta». *Rien ne réussit mieux que le succès*. Y los estadounidenses estamos contaminados de esa insensatez, como quizá demuestren nuestras bancarrotas y nuestra política imprudente. Somos grandes por exclusión, avaricia y egoísmo. Nuestro éxito toma de todos lo que le da a uno. Es una marcha demacrada, inmoral y desasosegada guiada por la suerte.

La egolatría es un tipo de bocací que aporta fuerza y concentración momentáneas a los hombres, y parece usarse mucho en la naturaleza para tejidos en los que se necesita energía localizada y espasmódica. Podría señalar a hombres de este país que tienen una importancia indiscutible para el devenir de la vida estadounidense, de este talante, de quienes a duras penas podríamos prescindir; cualquiera de ellos sería una pérdida nacional. Pero esto echa a perder la conversación. Estos hombres no entrarán a discutir con vosotros. Siempre imponen, entre vosotros y ellos, ese ego tan mimado. Es evidente que han de pasar por una prolongada educación para alcanzar la simplicidad y la honestidad, que es lo que principalmente le interesa ver a un hombre sensato en su acompañante. La Naturaleza sabe convertir lo malo en bueno; usa a miserables, fanáticos, artistas y ególatras para lograr sus fines, pero no por ello hemos de tener en mejor consideración este defecto. La pasión por el éxito repentino es brusca y pueril, del mismo modo que la guerra, los cañones y las ejecuciones sirven para borrar de la tierra a supuestos salvajes, torpes e imposibles de reclamar, pero siempre a costa de los conquistadores.

Aborrezco esta frivolidad estadounidense que aspira a enriquecerse gracias al crédito, al aprendizaje que se obtiene en cháchara nocturnas alrededor de una mesa, al discernimiento de la economía de la mente mediante la frenología, o a la destreza sin el estudio, o a la maestría sin el conocimiento, o a la venta de mercancías fingiendo que se vende otra cosa, o al poder de hacer creer que se es poderoso, o a través de un jurado o un comité comprados, el soborno y la «repetición» de votaciones, o a la riqueza mediante el fraude. Piensan que lo han logrado, pero lo que han conseguido es otra cosa: un delito que llama a otro delito, y a otro demonio detrás de ese; son pasos hacia el suicidio, la infamia y el perjuicio de la humanidad.

Nos consentimos unos a otros en esta vida de ostentación, alarde, pompa y fabricación de la opinión pública, y la excelencia se pierde de vista en el ansia de resultados y alabanza instantáneos.

Hubo un hombre sabio, un artista italiano, Miguel Ángel, que escribió esto de sí mismo: «Al morir el cardenal Hipólito, en quien tenía depositadas mis mejores esperanzas, empecé a comprender que las promesas de este mundo son, en su mayor parte, vanos fantasmas, y que confiar en uno mismo y convertirse en algo digno y valioso es el rumbo mejor y el más seguro». Aunque no estoy en absoluto convencido de que el lector esté conforme con todas mis proposiciones, creo que sí coincidiremos en mi primera regla para alcanzar el éxito: debemos dejar a un lado la jactancia y la propaganda y seguir el rumbo de Miguel Ángel, «confiar en uno mismo y convertirse en algo digno y valioso».

Cada hombre trae consigo una aptitud al nacer. Haced vuestro trabajo. Yo tengo que decirlo a menudo, pero la naturaleza lo dice más a menudo que yo. Es ridículo insistir en hacerlo todo uno mismo, como si cada cual debiera construir su propia (y burda) casa, forjar su martillo y hornear su pan. El hombre ha de atreverse a hacer lo que mejor se le dé; no ayudar a otros como le vayan indicando, sino como él sepa aplicar su capacidad de ayuda. Hacerlo de otro modo es neutralizar esos extraordinarios talentos singulares que hay distribuidos entre los hombres. Y, sin embargo, aunque esta verdad manifiesta es esencial para la exhibición del mundo y para el crecimiento y la gloria de todas las mentes, es infrecuente encontrar a un hombre que crea en sus propias ideas. De igual modo que nada asombra tanto a los hombres como el sentido común y la sinceridad, no hay nada más infrecuente en ningún hombre que un acto propio. Todos los trabajos le parecen maravillosos, salvo el que sabe hacer. Reconozcámoslo: no creemos en nuestras propias ideas, debemos servir a alguien, debemos citar a alguien, adoramos lo viejo y lo remoto, nos emocionan los grandes nombres, importamos la religión de otras naciones, recogemos sus opiniones, referimos sus leyes. Los tribunales más serios y doctos de este país se estremecen al enfrentarse a una nueva pregunta, y esperan meses y años a que se produzca un caso que pueda retorcerse hasta convertirlo en precedente y, así, lanzarle a una parte más audaz la responsabilidad de una iniciativa. De este modo, no llevamos un abogado en el pecho, o no lo conocemos, y, dado que no podemos sacudirnos de los zapatos este polvo de Europa y Asia, el mundo parece haber nacido viejo, la sociedad está como en trance, los hombres resultan ser adaptadores e imitadores, la vida es teatro y la literatura una cita, y de ahí esa depresión de los ánimos, ese ceño fruncido de preocupación que dicen que caracteriza a todos los estadounidenses.

La confianza en uno mismo es el primer secreto del éxito, el convencimiento de que, si estáis aquí, es porque las autoridades del universo os han puesto aquí, y con razón, o con alguna tarea asignada estrictamente a vosotros en vuestra constitución, y de que, mientras os dediquéis a ella, estaréis bien y tendréis éxito. No consiste, de ningún modo, en apresurarse hacia una ostentosa proeza que llame la atención y satisfaga a los espectadores. Basta con trabajar en la dirección apropiada. Al hallarse el auténtico éxito tan lejos del desempeño, está claro que el éxito fue mucho antes que este, a saber, cuando todas las proezas que conforman nuestra civilidad eran ideas de buenas cabezas. La fama de cada descubrimiento se vincula, justamente, a la mente que creó la fórmula que contiene todos los detalles, y no a los fabricantes que ahora obtienen beneficios con él, aunque la masa aclama, de manera universal, a quien publica y no a quien inventa. La torpeza de la multitud es no saber ver la casa en el plano, el trabajo que hay en la maqueta del arquitecto. Mientras es una idea, aunque sea un nuevo combustible, o un nuevo alimento, o la creación de la agricultura, se menosprecia, es una quimera, pero, cuando se hace realidad y llega en forma de un ocho por ciento, un diez por ciento, un ciento por ciento, gritan: «¡Es la voz de Dios!». Horatio Greenough, el escultor, me contó esto sobre la visita de Robert Fulton a París: «Fulton llamó a la puerta de Napoleón para llevarle el vapor y fue rechazado; y Napoleón vivió lo suficiente para darse cuenta de que había descartado un poder aún mayor que el suyo».

¿No existe el amor por el conocimiento, el arte y nuestro proyecto *per se*? ¿No podemos alegrarnos de desempeñar nuestro trabajo, o de alcanzar la verdad y el poder, sin recibir elogios por ello? Consigo un objetivo, consigo todos los objetivos, si soy capaz de llegar hasta mi acompañante con cualquier frase que le dé a conocer su propio valor. El culmen de la sabiduría es que el tiempo que se dedica a trabajar nunca es tiempo perdido. El buen trabajador no dice nunca: «Pues ya está, con esto basta», sino: «Pues ya está, eso es: intentarlo y volver de nuevo, y así por siempre». Si el artista, en cualquier arte, está a gusto trabajando en su proyecto, poco le importa que aún no tenga encargos ni clientes. Afirmo que es feliz el joven que se conforma con haber adquirido la destreza que buscaba, y que espera por propia voluntad que surja la ocasión de ponerla de manifiesto, sabedor de que no tardará. El tiempo que el adversario dedica a engalanar apresuradamente su trabajo para que cause impresión y para el mercado, vosotros lo dedicáis a estudiar y experimentar en pos del conocimiento y la eficiencia reales. De esta manera, él habrá vendido su cuadro o su máquina, ganado el premio o conseguido el puesto, pero vosotros habréis ascendido a una escuela de arte más elevada, y tras unos pocos años quedará patente la ventaja del auténtico maestro sobre la breve popularidad del ostentoso. Sé que es buena cosa diferenciar esta confianza en uno mismo, que es señal de energía y rendimiento mentales, de la enfermedad a la que va ligada: la exageración del papel que podemos representar, pues son dos cuestiones distintas. Pero es sensato saber que por encima de mi talento o mi facilidad, y un millón de veces mejor que cualquier capacidad, está la inteligencia central que subordina y usa todos los talentos, y solo en la medida en que sean una puerta para alcanzarla podemos considerar que un talento o el conocimiento que este ofrece tienen valor. Únicamente quien accede a esta inteligencia central, en la que no puede haber egolatría ni exageración algunas, accede a la posesión de sí mismo.

Mi siguiente planteamiento es que, en la escala de las facultades, la mejor no es el talento, sino la sensibilidad: el talento limita, pero la vida nos pone en relación con todo. Cuán a menudo parece que el bien principal es haber nacido con un talante alegre y bien ajustado al tono de la raza humana. Los hombres así se sienten en armonía y conscientes, por su receptividad, de una fuerza infinita. Al igual que a Alfred, «la buena fortuna lo acompaña como un don divino». Sentíos a vosotros mismos y no os dejéis desalentar por las cosas. Es la grandeza del hombre lo que se desborda a los objetos y hace que sus Biblias, Shakespeares y Homeros sean tan grandes. El lector feliz toma prestado de sus propias ideas para completar su contorno incompleto y no es consciente de que está tomando y entregando.

En nuestra crítica hay algo de pobreza. Damos por hecho que hay pocos grandes hombres y que todos los demás son pequeños, que no hay más que un Homero, un Shakespeare, un Newton, un Sócrates. Pero el alma, en su momento de fulgor, no acepta estas usurpaciones. Hemos de saber cómo alabar a Sócrates, a Platón o a San Juan sin menoscabarnos. En los buenos momentos, ni Shakespeare ni Homero nos parecen demasiado grandes, sino traductores del jubiloso presente, y todos los hombres y mujeres intuyen las posibilidades. Es el buen lector quien hace bueno el libro; una buena cabeza no puede leer mal, en cada libro encuentra pasajes que le parecen confidencias o apartes, ocultos para todos los demás e inconfundiblemente destinados a su oído.

La luz bajo la que vemos este mundo procede del alma del observador. Allí donde more un sentimiento noble, este hace brillar los rostros y las casas de alrededor. Es más, los poderes de este ajetreado cerebro son milagrosos e ilimitados. En él están las normas y las fórmulas con las que se ha elaborado todo el imperio de la materia. No alberga prosperidad, comercio, arte, ciudad ni gran riqueza material de ningún tipo, pero, si se le sigue la pista hasta su origen, se verá que hunde su raíz en un pensamiento de algún hombre concreto.

¿Acaso toda la vida es una cuestión de superficie? Es curioso, pero los distintos grados de sensatez parecen derivar de las diferentes capacidades para el asombro, o de la facultad para apreciar las voces y visiones débiles, más débiles e infinitamente débiles. Cuando el erudito o el escritor se ha devanado los sesos en busca de ideas y versos y luego sale a la Naturaleza, ¿acaso no ha visto nunca que cuando un niño silba una canción, o cuando trina un gorrión, se está insinuando una poesía que es mejor que todos sus resultados literarios? A eso lo llamamos salud. ¿Hay algo tan admirable como la salud del joven? Con sus días largos porque su mirada es buena, y sus paseos briosos en las estancias frías para conservar el calor, y le encantan los libros que estimulan su imaginación; y puede leer a Platón, tapado con la capa hasta la barbilla en una gélida habitación de la planta alta, aunque en el futuro vaya a asociar siempre los *Diálogos* con el olor de la lana. La desgracia de la vida es que los efectos naturales estén constantemente desplazándose y sustituyéndose con arreglos artificiales. Recordamos cuando, en la primera juventud, la tierra hablaba y los cielos resplandecían; cuando una tarde, cualquier tarde, cruda y sombría, de granizo y nieve, nos bastaba; las casas estaban construidas en el aire. Ahora, sin embargo, nos hace falta una extraña combinación de nubes y luz para superar lo común y lo zafio. ¿Qué es lo que buscamos en el paisaje, en las auroras y los atardeceres, en el mar y en el firmamento? ¿Qué, sino una compensación por lo espasmódico y mezquino de las actuaciones humanas? Disfrutamos del día, y la mente encuentra algo tan grande como ella misma. En la Naturaleza, todo es un inmenso reposo. Recordad lo que le ocurre a un chaval de ciudad que se adentra por primera vez en los bosques de octubre. De pronto, se introduce en una pompa y una gloria que le traen los sueños de un romance. Es el rey que soñaba ser; camina entre tiendas doradas, entre alcobas carmesí, de pórfido y topacio, pabellón tras pabellón, engalanados con guirnaldas de vid, flores y rayos de sol, con incienso y música, con un sinfín de estímulos para sus atónitos sentidos, mientras las hojas destellan, lo excitan y lisonjean, y su mirada y su paso se ven seducidos por distancias borrosas hasta soledades más felices. Y toda esta alegría se la debe únicamente a una percepción más aguzada de aquello que le rodea. El dueño de la arboleda no ve más que unos cuantos árboles descoloridos y dice: «Estos se van a venir abajo, ya no van a crecer más, hay que talarlos y apilarlos antes de la primavera».

Wordsworth escribe así sobre los deleites del chico en la Naturaleza:

Aunque nada pueda hacer volver la hora
del esplendor en la hierba, de la gloria en la flor.

Pero he visto a un hombre, muy consciente de lo que decía, que me aseguraba que esos versos, en su caso, no eran ciertos, que los ojos se le abrieron al hacerse mayor y que cada primavera le resultaba más bella que la anterior.

Vivimos entre dioses que nosotros mismos creamos. ¿Esa campana de tono grave, que ha acortado tantas noches de inquietud, os trae únicamente vibraciones acústicas? ¿La vieja iglesia que os dio las primeras lecciones de vida religiosa o la escuela del pueblo o la universidad en la que conocisteis los sueños de la imaginación y los gozos del pensamiento son solo superficies de ladrillo y argamasa? ¿La casa en la que nacisteis, o la casa en la que vivía vuestro amigo más querido, es solo un inmueble cuyo valor está cubierto por un seguro? Camináis por la playa, disfrutando de lo animado de la estampa. Recoged un poco de agua en el hueco de la palma, tomad un puñado de arena: estos son los elementos. ¿Qué es la playa, sino acres de arena? ¿Qué es el mar, sino kilómetros cúbicos de agua? Un poco más o menos no supone nada. Y sin embargo esta materia bruta forma parte de algo que no es bruto. Se trata de que el lecho de arena está sujeto por la gravedad terrestre, torcido para formar parte del globo redondo, bajo el cielo óptico; parte de la sorprendente astronomía y existente, al fin, para fines morales y por causas morales.

El mundo no está compuesto, para la vista, de siluetas, es decir, solo a medias; también está hecho de color. ¡De qué manera baña ese elemento el universo con sus cautivadoras olas! El escultor había terminado su trabajo y contemplaba un nuevo mundo de gloria onírica. Es la última pincelada de la Naturaleza, no puede ir más allá del color. De igual modo, la vida está compuesta no solo de conocimiento, sino también de amor. Si el pensamiento es forma, el sentimiento es color. Viste el esqueleto del mundo con espacio, variedad y brillo. Los matices del atardecer hacen grande la vida, igual que los afectos convierten un pequeño entramado de casita y chimenea en algo populoso, importante, que llena el espacio principal de nuestra historia.

El hecho fundamental en nuestra constitución metafísica es la correspondencia del hombre con el mundo, de forma que cada cambio que se produce en aquel deja un registro escrito en la mente. Esta cede empáticamente a las tendencias o la ley que fluyen a través de las cosas y crean el orden natural, y la salud y la fuerza del hombre consisten en la perfección de esta correspondencia o expresividad. Si seguimos esta pista hacia nuestra educación intelectual, averiguaremos que nuestra necesidad primaria no son proposiciones ni nuevos dogmas ni una nueva exposición lógica del mundo, sino observar y apreciar con ternura los estímulos intelectuales y morales, y cortejarlos para que se queden a vivir a nuestro lado. Mientras habiten con nosotros, no pensaremos de forma inadecuada. Nuestra percepción aventaja con mucho a nuestro talento. Les damos la bienvenida a las lecciones más elevadas de la espiritualidad y la poesía, que superan de manera exagerada nuestra capacidad para enseñar. Y, además, el oído y la empatía inmensos de los hombres son más ciertos y juiciosos de lo que suele ser su discurso. Lo que necesitamos de cualquier estudioso de la mente es una profunda empatía, pues la principal diferencia entre un hombre y otro es una diferencia en su capacidad de sentirse impresionados. Aristóteles, Bacon o Kant proponen alguna máxima que es, en lo sucesivo, una idea clave de la filosofía. Pero a mí me interesa más saber que, cuando al fin han soltado su gran frase, esta no es más que la experiencia conocida de todos los hombres de la calle. Y si no es así, jamás volverá a oírse hablar de ella.

¡Ah, si fuera posible conservar esta sensibilidad, y vivir en el gozoso presente que nos colma, y hallar satisfactorios el día y sus modestos medios, que solo nos piden receptividad y ningún esfuerzo agotador ni ambición que nos causen gangrena al incitarnos en exceso a ser los primeros de la clase y de la sociedad, ni a ganar reconocimiento, laureles y consunción! No somos fuertes por nuestra capacidad para imponernos, sino por nuestro talento para relacionarnos. El mundo se nos ensancha, pero no gracias a objetos nuevos, sino a que hallamos más afinidades y potencias en los que ya tenemos.

Esta sensibilidad aparece en el homenaje a la belleza que exalta las facultades de la juventud, en el poder que la forma y el color ejercen sobre el alma, o cuando vemos unos ojos que son un halago a la raza humana, rasgos que explican la escultura de Fidias. Fontanelle dijo: «Hay tres cosas que me provocan curiosidad, aunque no sé nada de ellas: la música, la poesía y el amor». Los grandes doctores de esta ciencia son los hombres más grandes: Dante, Petrarca, Miguel Ángel y Shakespeare. El sabio Sócrates aborda esta cuestión con una cierta superioridad, aunque con expresiones muy notables: «Yo estoy siempre afirmando que solo sé, podríamos decir, una nimiedad con respecto a los asuntos del amor, pero, en ese tipo de aprendizaje, aseguro tener más destreza que cualquier hombre del pasado o el presente». Bien pueden hablar de esta forma imprecisa sobre sus conocimientos, y de esta manera confiada sobre su voluntad, pues el secreto al que aluden es difícil de detectar de tan profundo que se halla, y, aun así, el genio se mide por su destreza en esta ciencia.

¿A quién, en su juventud, su madurez o incluso en su edad anciana, no le gusta oír hablar de esas sensibilidades que hacen que se giren cabezas rizadas en la iglesia y envían miradas maravillosas de un lado a otro de las reuniones, de uno a uno, sin errar jamás el rumbo en la multitud más nutrida? El estatista aplicado calcula por decenas y cientos, mientras al hombre de genio le interesa cada zapatilla que se suma a la reunión. La pasión, similar en todas partes, repta bajo las nieves de Escandinavia, bajo los fuegos del ecuador, y nada en los mares de la Polinesia.

Lofn es una divinidad tan poderosa de la *Edda* nórdica como Kamadeva en la cúpula roja de la India, Eros para los griegos o Cupido en el cielo latino. Y lo que resulta especialmente cierto sobre el amor es que es un estado de extrema impresionabilidad: quien ama tiene más sentidos, y más aguzados, que los demás; su ojo y su oído son telégrafos; lee augurios en la flor, en la nube, en el rostro, en la forma, en el gesto, y los lee bien. En su sorpresa ante el entendimiento repentino y completo que existe entre él y la persona amada, se le ocurre que podrían encontrarse, de algún modo, con independencia del tiempo y el lugar. ¡Qué deliciosa la convicción de que podría eludir a todos los guardias, las precauciones, las ceremonias, los medios y las demoras, y mantener una comunicación inmediata y sempiterna! En la soledad, en el destierro, la esperanza regresó y el experimento tuvo lugar con entusiasmo. Los poderes celestiales parecen ponerse de su parte. Su amigo expresa lo que él tenía preparado en los labios. Cuando se marchó al extranjero, se encontró, por una maravillosa casualidad, con la única persona que buscaba. Si en su paseo le daba por mirar hacia atrás, su amigo iba caminando tras él. Y ha ocurrido que el artista ha dibujado a menudo en sus cuadros el rostro de su futura esposa, a quien aún no había visto.

Pero también a través de autocomplacencias que de ningún modo son tan estrictas como esta de la pasión, al hombre sensible le parece un deleite oír la voz de un niño que se dirige únicamente a él, o contemplar las hermosas maneras de los jóvenes de cualquier sexo. Cuando el acontecimiento es pasado y remoto, ¡qué insignificante es el mayor de ellos, comparado con la chispa del presente! Hoy, durante el examen de Historia, el profesor le pregunta a Sylvina por Odoacro y Alarico. Sylvina no se acuerda, pero aventura que Odoacro fue derrotado, y el profesor responde con aspereza: «No, derrotó él a los romanos». Al visitante le queda claro que Odoacro no tiene ninguna importancia y que Sylvina tiene muchísima, y por qué, si ella dice que fue derrotado, él habría preferido con mucho su derrota a darle a ella un momento de disgusto. Odoacro, si tuviera una pizca de caballerosidad, habría dicho: «Que me derroten mil veces».

E igual que nuestra ternura ante la juventud y la belleza da una importancia nueva y justa a sus afirmaciones, inéditas y variadas, la misma sensibilidad ofrece la bienvenida a toda excelencia, y tiene ojos y hospitalidad para el mérito que se arremolina en las esquinas. Un inglés de notable carácter y talento, que había traído consigo a uno o dos amigos y toda una biblioteca de místicos, me aseguraba que en Inglaterra no quedaba nadie ni nada que tuvieran el más mínimo interés; se había llevado todo lo que estaba vivo. Me vi obligado a responder: «No, seguramente muy cerca de usted, al otro lado del tabique de la misma casa, habría un hombre más grande que cualquiera que haya visto». Todos los hombres tienen una historia que merece la pena conocer, si pudieran contarla o si pudiéramos sacársela. El carácter y el buen juicio tienen su propio magnetismo. Enviad a un hombre profundo a cualquier ciudad y encontrará allí a otro hombre profundo, hasta entonces ignorado por sus vecinos. Esa es la mayor felicidad de la vida, aumentar el número de conocidos que nos resultan importantes. La ley misma del promedio podría haberos asegurado que, por cada cien cabezas, habrá cinco o diez que sean buenas. La moral se genera igual que la atmósfera. La génesis de ambas es un secreto, pero los manantiales de justicia y valentía no fallan más que los salobres o sulfurosos.

El mundo es siempre opulento y los oráculos no están nunca en silencio, pero el receptor debe, mediante una feliz templanza, ser llevado a ese estado culminante, a esa salud juguetona, para poder dar y tomar con facilidad esas sutiles comunicaciones. La salud es el estado de la sabiduría, y su síntoma es la alegría, un carácter abierto y noble. Jamás ha habido un poeta que no tuviera el corazón en el sitio adecuado. Pons de Capdueil, el viejo trovador, escribió:

Mucho he oído, y creo que el testimonio es fiel,
que quien al hombre complace, a Dios place también.

La belleza templa el corazón, pues es un signo de salud, de prosperidad y del favor de la divinidad. El Poder Divino ha marcado con este sello todo lo que es perdurable y apropiado para los hombres. Lo que nos complace y emancipa, y no lo que nos asusta y hace daño, es sensato y bueno en el discurso y en las artes. Pues, ciertamente, el corazón que hay en el centro del universo arroja, con cada latido, un torrente de felicidad a todas las arterias, venas y capilares, de manera que el sistema entero se inunda con las mareas del gozo. La abundancia del lugar más pobre es demasiado grande: por eso es imposible recoger toda la cosecha. Todo sonido termina en música. El límite de toda superficie está teñido de rayos prismáticos.

Otra característica más del éxito verdadero: la buena mente elige lo que es positivo, lo que avanza, es decir, abraza lo afirmativo. Nuestro organismo es pobre. Se da por hecho, como ya he mencionado, que no hay más que un Shakespeare, un Homero, un Jesús. Ni mucho menos se debe pensar que todos estén o hayan de estar inspirados. Debemos empezar por afirmar. La verdad y el bien subsisten eternamente. Es cierto que existen el mal y el bien, la noche y el día, aunque no son iguales. El día es grande y definitivo. La noche es para el día, pero el día no es para la noche. ¿Qué es esta exigencia inmortal de algo más, intrínseca a nuestra constitución? ¿Qué es este ideal inmenso? No hay mayor crítico ni mendigo que esta terrible Alma. Ninguna persona de la historia humana empieza siquiera a contentarnos. Sabemos que la justicia es satisfactoria, que la verdad es suficiente. Sabemos la respuesta que no deja lugar a más preguntas. Sabemos cuál es el Espíritu gracias a su tono victorioso. Las pruebas que han de aplicarse a todo nuevo pretendiente son cantidad y calidad: ¿qué incorpora?, ¿en qué estado de ánimo me deja? Vuestra teoría es importante, pero ¿qué nuevo aporte podéis sumar a la humanidad o hasta dónde podéis elevar la vida? Un hombre es tal únicamente en la medida en que nos hace la vida y nuestra relación con la naturaleza más felices.

Me temo que el concepto popular del éxito se opone de manera frontal, en todos los aspectos, al éxito íntegro y verdadero. Uno adora la opinión pública; el otro, la particular. Uno, la fama; el otro, el desierto. Uno, las proezas; el otro, la humildad. Uno, el lucro; el otro, el amor. Uno, el monopolio; el otro, la hospitalidad de la mente.

Podemos aplicar esta ley afirmativa a las letras, a las costumbres, al arte, a la decoración de nuestros hogares, etc. Ni las ejecuciones, ni las torturas, ni los lazaretos, ni las espeluznantes fotografías del campo el día después de la batalla me parecen temas adecuados para los cuadros de un gabinete. Creo que algunos de los denominados «temas sagrados» han de tratarse con más genio del que he visto en los maestros del arte italiano o español si han de ser cuadros aptos para casas e iglesias. La naturaleza no invita a tal exposición. La naturaleza dispone con precisión el plano básico de cada criatura, rigurosamente adaptado a todas sus funciones, y luego lo cubre de manera escrupulosa. Fijaos en el celo con que tapa el esqueleto. El ojo no ha de verlo ni el sol iluminarlo. Urde sobre él sus tejidos e integumentos de carne, piel, pelo y los bellos colores del día, obliga a la muerte a quedarse bajo tierra, se apresura a ocultarla con hojas y vides y limpia minuciosamente todo rastro mediante una nueva creación. ¿Quiénes y qué sois para dejar desnuda la abominable anatomía?

No colguéis cuadros lúgubres en la pared ni embadurnéis vuestra conversación con lutos y pesadumbres. No seáis pastores cínicos y desconsolados. No lloréis ni os lamentéis. Olvidaos de las proposiciones negativas. Retadnos, por el contrario, con un sinfín de afirmativas. No os desaprovechéis en el rechazo ni ladréis contra lo malo; alabad, en cambio, la belleza de lo bueno. Cuando se dice lo que es justo que se diga, la cháchara y la crítica cesan. No dejéis por escrito nada que no vaya a serle de ayuda a alguien:

Pues todo don de noble origen
lleva sobre sí el aliento perpetuo de la Esperanza.

Lo afirmativo de lo afirmativo es el amor. A tanto amor, tanta percepción. Igual que la caloría para la materia es el amor para la mente: la ensancha y fortalece de igual manera. La benevolencia crea perspicacia, del mismo modo que encontramos la salida al mar zarpando de un río. He visto a muchas personas que pueden callarme, pero busco a una que me haga olvidar o superar las frialdades y estupideces en las que caigo. Nos cuenta Vasari que Giotto, influyente pintor del Trecento, renovó el arte porque puso más bondad en las cabezas de quienes admiraban sus murales. Despertar y elevar el sentido de la valía en el hombre, educar su sentimiento y su juicio de forma que se menosprecie a sí mismo por una mala acción: ese es el único objetivo.

Es barato y fácil de destruir. No existen un niño contento ni una niña inocente en una calle llena de rostros entusiastas y sonrosados a los que un cínico no pueda desalentar y amilanar con una sola palabra. El desánimo alcanza de inmediato a los más optimistas. El cínico solo tiene que seguir el rastro con su amarga confirmación, y estos frenarán ese paso animoso y valiente y volverán a casa con un andar más pesado y una vejez prematura. Ellos mismos cederán enseguida el turno que él ansía para lo frío y miserable. ¿Cuál de ellos no ha dejado de complacer allí donde más lo deseaba, o no ha fracasado allí donde más éxito ambicionaba, o no ha sentido torpeza, tedio o incapacidad ante el estudio, la reflexión o el heroísmo, y solo ha aspirado, con buen juicio y fidelidad, a hacer lo que pudiera y salir indemne? Y este sagaz malhechor adelgaza aún más su esperanza con la sátira y el escepticismo, y agota las fuentes del esfuerzo. Sí, esto es fácil, pero ayudar a las almas jóvenes, añadir energía, inspirar esperanza y avivar los tizones para que sean una llama útil, así como redimir la derrota con un nuevo pensamiento y una acción firme no es fácil: es labor de hombres divinos.

Vivimos en distintos planos. Hay una vida externa, que se forma en la escuela y aprende a leer, escribir, calcular y comerciar, a tomar todo lo que el niño pueda abarcar, y lo insta a ponerse por delante, a ser útil y agradable para el mundo, a montar, correr, discutir y competir, a desplegar sus talentos, brillar, conquistar y poseer.

Pero la vida interior se queda en casa y no aprende a hacer cosas ni valora en lo más mínimo estas proezas. Es una percepción calmada y sabia. Ama la verdad, porque es real en sí misma; ama la justicia, porque no conoce otra cosa. Sin embargo, no avanza. Ya era tan sabia en nuestro primer recuerdo como lo es ahora. De hecho, es exactamente igual ahora, en la madurez, y más adelante, en la vejez, a como era en la juventud. Nos hemos hecho hombres y mujeres adultos, tenemos capacidades, relaciones, hijos, reputaciones, profesiones... Pero para ella esto carece de importancia. Vive en el gran presente, hace grande al presente. Esta alma tranquila, asentada y de mirada amplia no es veloz jinete, ni abogado, ni juez: se tumba al sol y contempla el mundo. Una persona de este talante le dijo una vez a un hombre muy activo: «Yo le perdono a usted que haga tantas cosas, y usted a mí que yo no haga ninguna». Y Eurípides dice que «Zeus aborrece a los inquietos y a quienes hacen demasiado».

Ensayos de
un buscador espiritual
es el cuadragésimo tercer libro de
la colección La muchacha de dos cabezas.
Compuesto en tipos Dante, este texto se terminó de imprimir en los talleres de KADMOS por cuenta de ERRATA NATURAE EDITORES en mayo de 2022, prácticamente dos siglos después de que Ralph Waldo Emerson conociera a Ellen Louisa Tucker, una pelirroja de rasgos delicados, pálida y muy guapa que apenas había cumplido los dieciocho años y ya sufría una incipiente tuberculosis, lo que no fue óbice para que ambos se casaran de inmediato pero sí para que tuvieran una vida juntos: ella murió apenas dos años después y coincidiendo con el primer aniversario de su fallecimiento él escribió en su diario la frase más terrible y más bella de toda su obra: «Visité la tumba de Ellen y abrí su lecho».